산이

전라도 시나위 마지막 대가의 대 서사

글 조웅석

산이

좋은땅

머리말

이 책은 화순군 향토문화재 제50호로 지정된 능주씻김굿의 명맥을 이어 오고 있는 창녕 조씨 일가의 역사서이다.

중심인물은 필자의 부친이면서 피리, 대금, 태평소 등 기악과 소리, 구음으로 한 시대를 풍미한 전라도 시나위 마지막 대가로 알려진 '조계남'의 삶을 중심으로 엮었다.

참고자료로 집안의 내력이 기록된 가승을 토대로 필자가 부모님에게 익히 전해 들었던 내용과 형제, 친인척들에게 평상시 전해 들었던 내용, 그리고 모친인 박정녀의 육성 인터뷰 자료를 근거로 사실적인 내용만을 담고자 했다.

이 책의 주요 배경은 등장인물들의 생활 터전이었던 전라남도 화순군 능주면이다. 능주에는 예부터 국악으로 명성을 날렸던 김채만, 임방울(임승근), 조몽실 등 능주 출신의 수많은 명인 명창들이 배출된 곳이며 1970년대까지만 해도 국악이 대중음악이나 다름없었던 지역이다.

어머니 배 속에서부터 국악을 듣고 자랐던 곳, 국악에 젖어 살 수밖에 없었던 환경, 누구 하나 소리를 못할 시에는 철저히 무시

당했던 곳이다.

　필자는 이 책을 펴내기까지 많은 고민의 시간을 보냈다. 이 책으로 말미암아 이미 작고하신 부모님께 누가 되지 않을까, 타지에서 생활하고 있는 가족 친지들에게 해가 되지는 않을까, 서로 의는 상하지 않을까, 걱정의 연속이었다. 왜냐하면 손가락질과 천대와 냉대를 받으며 살아왔던 세습무 집안의 치부를 드러내는 일이기 때문이다.

　하지만 필자는 사회적인 인식의 변화가 일어나고 있음에 조금의 위안을 삼으며 더 늦기 전에 책을 내야겠다는 절박함이 강하게 작용해 이 책을 펴낸다.

　첫째는 시대의 어려운 환경 속에서도 평생 굿의 끈을 놓지 않고 자식들을 위해 헌신하셨던 부모님께 이 책을 통해 조금이나마 위로해 드리고, 작은 명예라도 회복해 드리고 싶었다.

　둘째, 한평생 못 다한 부모님의 삶을 채워 가는 것이 자식 된 도리라 여긴 필자는 막상 대를 잇고 보니, 사회적으로 바라보는 시각이 달랐을 뿐 부모님은 스스로를 속된 삶이라고 여기지 않았고 오히려 드러내지 않는 자긍심이 강했음을 알 수 있었다. 이렇게 부모님은 나름 자부심 하나로 성실하게 열심히 살아왔음을 이 책을 통해 밝히고, 자라나는 총생들이 당당한 사회인으로 살아갈 수 있도록 자신감과 용기를 심어 주고 싶었다.

　셋째, 음악이나 모든 예술활동을 하는 이들에게도 널리 읽혀서 과거에 우리 선조들의 음악활동이 어떤 모습이었으며 우리 음악을 지키기 위해 얼마나 헌신했는지 과거의 실상을 돌아보고 근원을 찾아보는 좋은 사례가 되었으면 한다.

필자가 직접 쓴다는 것이 처음에는 걱정이 앞서 타인에게 대필을 의뢰해 볼까도 생각했다. 하지만 본인이 직접 써야 왜곡이 방지되고 의도한 대로 책이 완성될 것 같다는 주위 분들의 의견을 반영하여 서투르지만 용기를 내어 직접 쓰게 되었다. 그래서 이 책에서도 많은 친인척들을 광범위하게 소개하지 않고 등장인물을 한정했다. 글이 왜곡되거나 초점이 흐려질 것에 대한 염려 때문이다.

또한 일부 등장인물들이 이 책으로 말미암아 마음의 타격을 입을 수도 있다는 생각에 실명을 분명하게 밝히지 않은 점 양해를 구한다.

지금은 국악인으로 명성을 날렸던 능주 출신의 많은 원로들이나 혈연관계에 있던 친인척들이 대부분 작고하고 없다. 남아 있는 분들 중에는 이 지역 출신임에도 출신 성분을 숨기고 이미 다른 지역 사람으로 활동하고 있는 이들도 많다. 당장은 아니더라도 이 지역 출신들이 떳떳하게 고향을 얘기할 수 있는 사회적 풍토가 하루빨리 조성되었으면 한다.

2024년 10월
조웅석

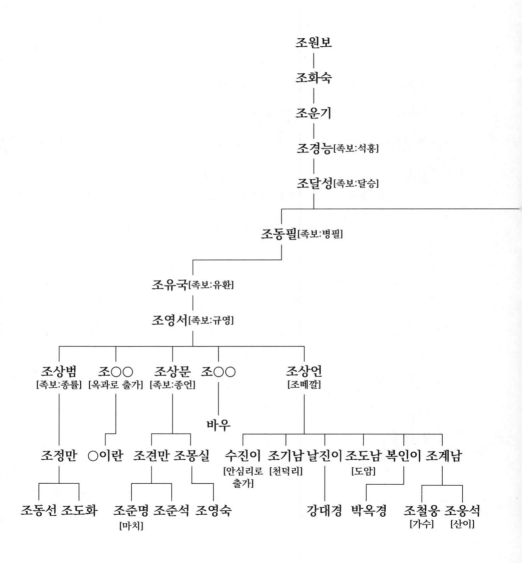

창녕 조氏 가계도

조원보
|
조화숙
|
조운기
|
조경능[족보:석흥]
|
조달성[족보:달승]
|
조동필[족보:병필]
|
조유국[족보:유환]
|
조영서[족보:규영]

조상범   조○○   조상문   조○○   조상언
[족보:종률]   [옥과로 출가] [족보:종언]   [조뼤깔]

바우

조정만   ○이란   조견만 조몽실   수진이 조기남 날진이 조도남 복인이 조계남
                                        [안심리로   [천덕리]   [도암]
                                        출가]

조동선 조도화   조준명 조준석 조영숙   강대경 박옥경   조철웅 조웅석
                [마치]   [가수] [산이]

8

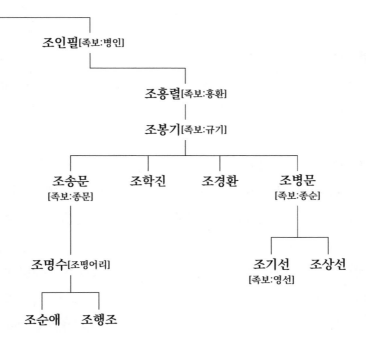

조인필[족보:병인]

조흥렬[족보:흥환]

조봉기[족보:규기]

조송문
[족보:종문]

조학진

조경환

조병문
[족보:종순]

조명수[조평어리]

조기선
[족보:영선]

조상선

조순애

조행조

9

인물편

■ 조경능(1665~1713)

경능의 증조부는 창녕 조씨의 충정공파로 아들 두 형제를 낳았다. 큰아들은 지역의 총사령관으로 '병사공'이란 시호를 받으며 파주시 월롱면에 터를 잡았고 둘째 아들은 수원 옆, 지금의 평택시 안중으로 이주하여 생활했다. 경능은 조계남의 6대조로 글쓰기와 시조창을 좋아했다. 족보와 묘비에는 조석홍으로 표기되어 있다.

■ 조달성(1707~?)

조계남의 5대조로 글쓰기와 시조창을 좋아했다. 족보와 묘비에는 조석홍으로 표기되어 있다.

■ 조동필(1725~?)

을사년 음력 1월 16일생인 동필은 동생 인필과 함께 가선대부贈嘉善大夫에 추증된 인물이다. 동필은 조계남의 4대조로 관아와 마을 행사를 주관하면서 능주 삼현육각을 꽃피우는 데 주된 역할을 했으며 무속인과 혼인을 했다는 이유로 문중에서 파문을 당하였다. 하지만 직계 자손인 조계남이 적극적으로 나서 경능의 윗대 조상을 찾아내는 데 앞장섰고, 1982년 가승을 토대로 자손들의 행적을 조사하여 끊긴 족보를 올리는 데 기여했다. 동필의 부인은 하동 정씨로 당시 정부인 직위였다. 족보상 조병필로 표기되어 있다.

■ 조인필(1735~?)

달성의 둘째 아들로 태어난 인필은 형인 동필과는 10년 아래로, 형처럼 가선대부贈嘉善大夫에 증 받았다. 인필의 후예에게서도 많은 명인·명창들이 나왔다. 조송문, 조병문 형제와 조경환, 조학진, 조명수, 그리고 월북한 소리꾼 조상선 명창이 인필의 후손이기도 하다. 두 형제가 가선대부를 받았을 정도라면 그 기예와 활동상이 유추되는 바다. 족보상 조병인으로 표기되어 있다.

■ 조유국(1799~?)

동필의 맏아들인 유국은 기사생이며 동필과 생일이 같은 음력 1월 16일에 태어났다. 무업을 했던 것이 분명하게 확인되는 인물이다. 족보상 조유환으로 표기되어 있다.

■ 조영서(1816~?)

영서는 병자년 음력 4월 26일에 태어났다. 능주 신청의 도대방을 역임하였고 줄타기 명인이었다. 영서는 전주 이씨 부인에게서 상범을 낳았다. 이씨 부인은 얼마 못 가 병이 들어 죽게 되고 보성 신씨 부인을 맞아들여 두 여식과 상문, 상언을 차례로 낳았다. 이로써 슬하에 조상범, 조○○(이란의 모친), 조○○(바우의 모친), 조상문, 조상언으로 3남 2녀를 두게 되었다.

신씨 부인도 얼마 못 가 세상을 떴고 장씨 부인이 들어와 상범, 상문, 상언 삼형제를 정성껏 키웠다.

특히 삼형제 중 첫째와 셋째인 상범과 상언은 고종황제에게 재주를 직접 보이고 벼슬을 하사받을 정도였던 바, 당대 최고의 재인 광대를 낳은 것이다. 조영서는 무슨 연유에서인지 자신의 유언대로 자신의 집과 멀리 떨어진 청풍면 진밭마을 위 학송리 마을 뒷산, 양지 바른쪽 '학봉' 야산에 묻혔다. 기일은 음력 3월 3일이며 족보상 조규영으로 표기되어 있다.

■ 장씨 부인

장씨 부인은 코가 커서 별호로 '코보 할머니'라고 불리었다. 장씨 부인은 영서의 곁에서 첫째 부인에게 낳은 상범과 둘째 부인에게 낳은 상문, 상언 삼형제를 길러냈다. 상언은 부인 정홍에게 코보 할머니 제사상만은 항상 걸게 차릴 것을 당부했다. 기일은 음력 1월 6일이다.

■ 조상범(1846~?)

상범은 병오년 음력 4월 26일에 영서의 맏아들로 태어났다. 능주 신청의 대방직을 지냈으며 동생 조상언과 함께 고종황제 앞에서 줄을 타고 의관(종9품) 벼슬을 하사받았던 인물이다. 의관직은 판소리 5명창 중 한 사람인 '김창환'이 받은 바 있는 벼슬 이름인데 상범과 상언은 그와 견줄 만한 위상을 지녔음을 알게 해준다. 족보상 조종률로 표기되어 있다.

■ 조상문(1871~?)

상문은 신미년 음력 1월 25일에 영서의 둘째 아들로 태어났다. 고인으로 활약한 상문은 슬하에 조견만과 조몽실을 두었다. 상문과 그 후예들은 대금, 피리와 가야금병창 등 기악에 뛰어난 재능을 발휘했다. 기일은 음력 7월 26일이며 족보상 조종언으로 표기되어 있다.

■ 조상언(1876~1941)

상언은 병자년 음력 10월 22일 영서의 막내 아들로 태어났다. 별호는 상엽 또는 '조떼갈'로 불리었다. 상엽이란 이름은 일제 때 창씨개명을 피하기 위해 다른 이름을 하나 더 가진 데서 유래한 것으로 전해진다. 슬하에 기남, 도남, 계남 3남과 수진이, 날진이, 복인이 3녀를 두었다. 상언은 능주에서 마지막 신청神聽 지킴이였으며 당대 최고의 고수로 타악에 능했고 젓대를 잘 불었다. 여러 악기를 섭렵했으며 '덧배기춤'의 창시자이기도 하다. 검무, 바라춤 등 정통 한무韓舞에도 조예가 깊어 춤을 배우는 문하생들이 많았다. 그의 형인 상범과 함께 당대 최고의 줄타기로 명성을 날렸고, 시서화에도 조예가 깊어 시조창 읊기를 즐겼다. 기일은 음력 6월 29일이며 족보상 조종엽으로 표기되어 있다.

■ 정홍(1879~1954)

정홍은 진주 정씨로 기묘년에 화순군 동면 자포실 마을에서 태어났다. 조상언의 부인으로 13세 때 상언에게 시집을 와 무업巫

業에 종사하게 되었다. 키가 크고 미모가 빼어났으며 그 누구도 해 볼 수 없는 언변술과 당찬 기질을 지니고 있었다. 강직한 성격에 대범하기까지 한 인물로 기일은 음력 2월 16일이다.

■ 조몽실(1898~1954)

몽실은 음력 7월 8일생으로 조상문의 둘째 아들로 태어났다. 광주소리[1]의 대가로 당대 최고의 판소리 명창이었다. 「흥부가」, 「심청가」로 많은 이들을 울렸다. 몽실은 공창식, 김창환, 송만갑, 이동백을 사사하였고 명창의 반열에 올랐다. 열두 살 때 집안의 5촌 조카인 조동선과 함께 공창식에게 2년간 학습하였다.

변성기를 맞아 목을 쓸 수 없게 되자 실의에 빠졌으나 다시 마음을 추스르고 능주 뒷산 유바탕을 찾아 신께 큰절을 올리며 목이 트이게 해 달라고 기원하였다. 그 후, 매일 밤 목욕재계를 해가며 심야에 유바탕에 올라가 산신께 고하고 밤새워 「심청가」전바탕을 몇 번이고 부르는 독공 끝에 드디어 좋은 목을 얻게 되었다. 창극 활동 및 진주, 순천, 원산 권번 등에서 소리선생을 하는 등 소리꾼으로 활동하였고 가야금 병창에도 능했다.

■ 조기남(1905~1973)

기남基南은 을사년 음력 7월 21일생으로 상언의 첫째 아들로 태어났다. 기남은 키가 크고 얼굴이 넓어 '넙보'란 별호가 따라

---

[1] 광주소리는 서편제 '광주판', '광주판 서편제'로 불려 왔으며, 이날치-김채만-박동실로 전해진 소리를 일컫는다.

다녔고 잘생기고 풍채가 좋았지만, 시두손님[2]이 와서 얼굴이 얽게 되었다. 그는 초년부터 소리를 잘 해 가야금과 가야금 병창에 조예가 깊었고 징, 장구로 자타가 공인할 정도로 뛰어난 재주를 보였다. '기남이 가야금, 징을 잡으면 멋이 있어 겅글어지고 모든 사람이 뒤집어진다'라는 말이 나올 정도로 타악에도 뛰어난 솜씨를 발휘했다. 기남은 능주에서 바라지하며 고인 역할을 하기도 했다. 피리, 젓대에도 조예가 있었다. 능주면 소재지를 벗어나 천덕리 마을로 옮겨 살기도 했고 중년에는 만주로 진출하여 식당을 크게 운영하면서 풍류를 가르치기도 했다. 말년에는 서울로 이사해 살다가 작고하였다. 기일은 음력 12월 3일로 경기도 여주에 묘가 있다.

■ 조도남(1913~1966)

도남道南은 계축년 음력 3월 3일 상언의 둘째 아들로 태어났다. 도남은 인물이 좋고 키가 크며 풍채도 좋았다. 어려서부터 북, 장구 등 뛰어난 감각과 재주가 타고난 인물로 가歌·무舞·악樂뿐 아니라 시詩도 잘 짓고 붓글씨도 잘 썼다. 말끝에 유머가 있어서 안 웃는 사람이 없었고 '도남이 도남이' 하며 동네 사람들로부터 칭송이 자자했다.

집에다 인민군들을 재우면서 인민군에게 붙잡혀 죽을 뻔한 사람들을 도남의 지혜와 언변으로 살려내기도 했다. 마을 사람들이 공적비를 세워 준다고 해도 "술 한잔이면 닥상이다"라며 거절

---

2) 피부가 얽어지는 피부 질환.

했다. 이처럼 도남은 뛰어난 언변과 인간애로 6.25동란 시절 좌
우를 가리지 않고 많은 사람을 살려냈다. 기일은 음력 5월 5일로
도암면 천태리에 묘가 있다.

■ 변씨 부인(1899~1985)

빼어난 미모의 변씨는 몽실의 친형인 견만의 부인이자 계남의
사촌 형수이다. 계남은 형님이 세상을 뜬 후, 홀로 지내는 형수의
모습이 안타까워 능주로 모셔 왔다. 계남의 식구들과 동거하며
살게 된 변씨는 평생 계남의 자손들을 자식처럼 돌봐 주며 생활
하다가 외롭게 임종했다. 기일은 음력 8월 29일이다.

■ 조계남(1916~1987)

계남桂南은 병진년 음력 12월 16일생으로 상언의 막내아들로
태어났다. 슬하에는 4남 2녀를 두었으며, 평생 부인과 함께 고인
역할을 충실히 했다. 풍물 굿판에서 새납을 불기도 하고 쉬는 날
이면 조도화, 조동선, 박기채, 한주환과 환갑잔치 등 동네잔치에
삼현3)을 치러 다녔다. 계남은 특히 피리, 새납을 잘 불었으며 젓
대는 휴식을 취하며 마음의 안정을 취할 때 즐겨 불었다.

어릴적부터 신청神聽에서 자라면서 여러 음악을 보고 들었던
영향으로 북, 장구와 구음 등 다양한 굿소리를 익히고 악기를 잘
다뤘다. 한 손으로 징을 치고 다른 한 손으로 피리를 연주하는 뛰

---

3) 삼현육각의 줄인 말로 전통 시나위 음악의 악기편성을 총칭한다. '삼현을 친
다'란 '음악을 연주한다'라는 뜻이다.

어난 기예를 지녔던 계남은 능주에서 전해 오는 삼현가락을 잊지 않기 위해 동네잔치나 굿판에서 선율을 얹혀 연주하는 등 가락의 원형 그대로를 보전하기 위해 매일같이 피리를 손에서 놓아 본 적이 없었다.

이처럼 피리, 대금, 새납 등 능주삼현의 전승 계보자로 전라도 시나위 마지막 대가로도 알려진 인물이다. 3형제 중 인물이 제일 빠진다는 평을 들은 것과는 다르게 무속인으로서 지켜야 할 도리를 모범적으로 손수 실천함으로써 단골가의 품격과 절제된 전형적 모습을 보여 주었다. 자신의 직업을 천직으로 여기며 숙명처럼 받아들이는 태도와 인품은 무속인들 뿐 아니라 지역민들에게도 감동을 끌어냈다.

몸이 왜소했던 계남은 항상 온화한 표정으로 말이 없고 조용했다. '계남은 화순의 양반이다'라는 평을 들을 정도로 평소 예의범절을 중요시하여 몸과 마음가짐이 흐트러짐이 없었고, 강직했다. 계남은 임종하기 전까지 조씨 조부님들을 위한 합동 제사를 올렸고 충실하게 능주 단골판을 끝까지 지켰으며 성실하게 굿판에 임했다. 목숨을 보장받을 수 없는 혼란한 전쟁 속에서도 사망자를 위해 사선을 넘나들며 굿을 했다. 또한, 자식에 대한 열정과 희생으로 부인과 함께 평생 매일 밤낮으로 굿을 해 4형제 모두 대학 공부를 시켰으며, 딸들도 고등학교를 서울로 유학 보낼 정도였다. 계남은 효성도 지극했다. 막내아들이면서도 부모를 모셨으며, 두 형 또한 마지막 임종의 순간에는 자신의 배우자나 자식들보다 계남을 먼저 찾았다.

계남은 능주에서 동복으로 이주한 오태석, 오진석, 그리고 대금 명인 한주환과의 음악적 교류를 하였고 한천농악에서 초창기 단골 새납수 역할을 했다. 그의 새납가락은 일찍이 주목받아 전국 각지에서 태평소 가락을 녹취해 갔다. 말년에는 강신무들과 함께 변함없이 일하며 평생 굿을 한 마지막 단골가의 고인[4]이었다. 기일은 음력 6월 26일이다.

■ 박정녀(1924~2016)

정녀正女는 갑자년 음력 11월 13일 화순군 도암면 정천리(구 금릉) 마을에서 태어났다. 부친은 박치도이며 오빠가 3명 있었다. 정녀는 어릴 적부터 머리가 총명하여 일찍이 글공부를 익혔다. 13세에 친정어머니가 돌아가시고, 15세에 계남과 혼인을 했다. 친정아버지와 시아버지가 막걸리 한잔을 들며 정녀의 혼사를 결정했다. 이는 정신대 공출을 피하기 위한 방책이기도 했다.

시어머니가 병이 들어 눕자 생계를 꾸리기 위해 시어머니에게 배운 무업을 시작했고 남편 계남이 직접 굿을 가르쳐 주었다. 정녀의 기억은 비상했다. 무가뿐 아니라, 굿에서 사용하던 경을 전부 육두로 뀔 정도였으며 씻김굿 사설로도 가장 문서가 많았던 인물이다.

정녀는 평소에도 '일체 타인에 대한 나쁜 말을 하지 않아야 하며 거짓이 없어야 한다'라는 삶의 소신을 밝혀 왔다. 임종 시에는 "부모에 대한 원망, 형제간에 대한 원망, 자식에 대한 원망을 다

---

4) 소리와 악기로 바라지 해 주는 사람.

풀었다"라며 친정아버지 묘소를 못 찾은 것을 후회했다 큰오빠 인석이, 둘째 오빠 의석이, 셋째 오빠 준석이, 큰조카 영완이, 작은 조카 영문이, 여조카는 영초라고 되뇌면서 임종했다. 정녀는 90세가 넘어 암투병중에도 혼자 고향 지키기를 고집하였고 집안을 항상 정갈히 관리했다. 동네 사람들은 '둘도 없이 좋으신 분이 갑자기 돌아가셨다'라며 아쉬워했다.

부친은 무업을 하지 않고 소리꾼으로 활동하였고 모친은 무업을 했다. 정녀는 일찍이 모친을 여의고 부친과 큰어머니, 그리고 배 다른 오빠들과 같이 살다가 계남에게 시집을 왔으며 부친은 남은 식구들을 데리고 능주면 원지리로 이주했다. 그녀는 조씨 가문으로 시집와서 풍으로 누워 계신 시어머니를 임종할 때까지 11년간 수발했던 바. 그 공로로 성균관과 화순군청으로부터 효부상을 받은 바 있다.

■ 조정만(1881~?)

정만은 신사년 음력 4월 4일생으로 상범의 첫째 아들로 태어났다. 정만은 피리, 태평소 명인으로 슬하에 조동선과 조도화를 두었다. 기일은 음력 1월 6일이다.

■ 조동선(1911~?)

동선은 신해년 음력 2월 10일생으로 조정만의 맏아들로 태어났다. 동선은 전문 소리꾼이었다. 조몽실과 함께 김채만의 제자인 공창식에게서도 소리를 배웠다. 「심청가」와 「춘향가」를 2년 배우고 난 후 조몽실은 김창환 문하로 떠나고, 조동선은 박동실에게 배우고 장판개 문하에서 「흥보가」와 「적벽가」를 배웠다. 해방 후에는 광주에서 박동실, 오태석, 조몽실, 공기남, 박후성, 공대일 등과 창극을 했고, 안채봉은 '소리를 배운 것만큼 써 먹지 못하고 세상을 떠났다'라며 아쉬워했다. 동선은 꽹과리, 징도 잘 다뤘다. 능주 사람들은 '동선이 꽹과리를 치면 다들 뒤집어진다'라는 말로 그의 모습을 회고했다. 기일은 음력 2월 1일이다.

■ 조양금(1913~?)

양금은 한양 조씨로 계축년 음력 1월 6일에 태어났다. 13세에 소리꾼 조동선에게 시집와서 시어머니가 무업을 시켜도 무시했으나 시어머니와 남편이 작고하자 생계를 위해 안사차와 함께 문서를 놓고 굿 학습에 들어갔다. 양금은 춤이 일품이었으며 소리 또한 구성지다는 평을 들었다.

■ 조도화(1913~2002)

도화道化는 계축년 음력 12월 19일생으로 조정만의 둘째 아들로 태어났다. 도곡 버무골(덕산밑)에서 시집을 온 공경례와 혼인하여 슬하에 5남매를 두었다. 도화의 모친은 오자근으로 가야금 병창 명인인 오태석의 친고모이다. 판소리계에서는 조박, 조두라는 예명으로 알려지기도 했다. 조박은 박자에 뛰어난 재주가 있어서 붙여진 이름이고, 조두는 기량이 우두머리에 해당할 만하여 붙여진 이름이다.

젊은 시절 목을 쓸 수 없었지만, 장구, 꽹과리, 징 등 타악 만큼은 그 시대 세인들과 비견할 수 없을 만큼 뛰어나 박동실의 지정 고수로 활동하는 등 명고수로 한 시대를 풍미했다. 중학교를 졸업하고 광양 금광에 경리로 취직하면서도 순천권번에 출입하게 되었다. 그러다 소리선생으로 와 있던 집안 어른 김막동을 만나게 되고 그분의 권유로 아예 순천권번으로 직장을 옮기면서 그곳의 명고수로 활약했다.

도화는 명고수 김명환에게도 장단과 소리를 가르친 바 있고 박귀희, 임춘행, 한예순 등과 동일창극단 일원으로 활동한 적이 있다. 6.25동란 이후 능주로 들어와 작은아버지와 작은어머니인 조계남 부부와 형수인 조양금, 사돈인 안사차 일행과 합류하여 굿판에서 장구 반주자로 활동하였다. 훗날 6촌 동생인 조웅석이 도화의 북과 장구를 사사했다.

■ 안사차(1917~1988)

사차 부친은 안창진이고 모친은 명창 박화섭의 누님 박창섭이었으며, 친정은 춘양면이다. 천재명창으로 알려진 안향련과 이복형제지간이기도 한 사차는 세 자매 중 제일 소리가 좋았으며, 17세 때 능주에 사는 명창 박기채에게 시집을 갔다. 박기채는 매부 공창식을 사사한 당대 최고 명창 중 한 사람이었다. 안사차는 시어머니로부터 무업을 전승받고도 얼마간은 무업을 하지 않았지만, 생계가 어려워지자 본격적으로 무업을 시작했다. 사차는 명창의 부인답게 목이 구성지고 깊이가 있었다.

■ 박치도(박만실)

판소리 명창이었던 치도는 호적상 박만실이며 별호는 '꼿꼿이'였다. 고향은 영암으로 추정되며, 조상언의 오랜 벗으로 계남의 장인이자 정녀의 부친이다. 치도는 키가 크고 인물이 좋았으며 도암면 정천리에서 살다가 딸 정녀가 계남에게 시집을 가자 능주면 원지리로 이주했고 말년에는 병이 들어 이양면 금릉에서 지내다가 작고하였다.

■ 조웅석(산이)

조계남의 막내아들로 태어났으며 아호는 '산이'다. 고향에서 고등학교를 마치고 서울로 상경하여 대학을 다녔다. 짧은 직장생활을 하다가 부친이 세상을 뜨자, 부모님이 행하던 무업의 소중함을 깨닫고 고향으로 낙향하여 본격적으로 무업에 뛰어들었다. 현재 굿소리, 장구, 대금, 피리, 아쟁, 장구, 새납 등 무속음악의 전반을 다루고 있으며 후학들에게 씻김굿 소리를 가르치고 있다.

어린 시절 부친인 계남에게 소리와 장구, 춤사위를 배웠고 훗날 6촌 형님뻘인 조도화에게 북과 장구장단을 익혔다. 조계남은 임종 무렵 막내아들을 불러 놓고 젓대를 건네주며 "이 젓대에는 신선의 세계가 있으니 마음이 적적할 때 불면 마음이 차분해질 것이다"라고 말했다. 웅석은 사회생활을 하면서도 부친의 말씀이 항상 귓전에 맴돌았고, 부친의 굿소리와 피리가락을 그냥 묻히기엔 안타깝다는 생각에 대금을 잡기 시작했다. 웅석은 그렇게 부모님의 무업을 잇고 나서 '부친께서 왜 무업의 끈을 쉽게 놓지 않았으며 얼마나 소중한 자원이었던가'를 깨닫게 되는 계기가 되었다.

▲ 조동필의 정부인[貞夫人]인 정씨 부인의 소장품으로 검무 시 사용되었다.

차례

머리말   5

창녕 조氏 가계도   8

인물편   10

경능의 여정   31

동필의 혼인과 파문   36

황제의 하사품   41

불타는 신청   48

어린 소리꾼   51

삼재 비방법   57

나라 잃은 설움   59

태극기 제작   63

젓대 소리와 명고수 탄생   65

계남의 독공   69

계남과 정녀의 혼인   74

정흥과 호랑이   79

정흥의 사후체험   83

베장사 길   89

굿하러 가는 길   92

비손   96

연등 속의 여인   102

빗발치는 총알   107

죽을 고비   115

월북 시도와 인공 후유증   119

옥자야! 옥자야!   123

강제 징용   126

덧배기 춤과 대금명인 한주환   130

능주극장 축하공연   136

도남의 임종   139

아버지의 옛날이야기   148

엄마야, 누나야   152

마을 화전놀이   157

구적놀이   161

산소 가는 길   168

가을 운동회   175

계남의 피리 소리   180

일상의 음악 활동   184

어머니의 비방법   187

아버지의 득그물   190

기남의 임종   194

산이의 주먹다짐   195

구렁이 출현 198

아버지의 존재 202

광주항쟁 207

산이의 진로 고민 211

잃어버린 족보 214

란이의 유서 218

용인 민속촌 방문 221

상처만 남긴 결혼식 226

혼불 228

거스를 수 없는 대물림 231

아버지의 선물 234

구음과 피리 가락 238

꿈속의 삼사자 240

능주씻김굿 초청공연 246

한평생 잘 살았다 250

산이의 꿈 I 254

산이의 꿈 II 258

해설편 261

박정녀 육성 녹취록 262

조씨 집안의 행적 265

▲ 피리와 징을 동시에 다루면서 바라지를 하고 있는 조계남 고인, 고인의 수가 절대 부족한 시대 상황에서의 궁여지책이지만 그 실력을 가늠할 수 있는 광경이기도 하다.

▲ 조계남(장구)과 조도화(징), 작은아버지와 조카 관계지만 연배가 비슷한 두 사람은 항상 짝을 맞춰 바라지를 하였다. 조계남이 본향거리를 하는 중에 조도화가 징으로 받쳐 주는 모습이다.

▲ 조상언과 조계남의 생가 : 전남 화순군 능주면 정암길 94

▲ 신청神廳 터 : 1924년 일제의 탄압이 심해지자 제2의 신청활동이 행해진
곳으로 유일하게 능주씻김굿 명맥이 유지되고 있는 곳이다.

▲ 조상언의 친필인 두루마리 가사집

경능의 여정

1665년 경능은 경기도 파주시 원평면에서 태어났다.

1670년대 당시, 경능의 조부는 파주에서 병사들을 거느리는 지역 총사령관격인 관직을 지니고 있었다. 이때 조정은 당파 싸움으로 정세가 어수선했다.

1688년 겨울, 생명의 위협을 느낀 경능의 부친 조운기는 외아들 석홍을 불러 다급하게 말했다.

"시국이 어수선하니 너라도 어서 몸을 피하거라."

"가족들을 두고 어딜 갑니까? 떠날 수 없습니다."

경능은 완강히 거절했으나 부친은 버티는 경능을 달래며 재촉했다.

"한동안 피해 있다가, 시국이 안정되면 다시 올라오너라."

부친은 지도를 꺼내며 손가락으로 남쪽 지방인 '능주綾州'5)를 가리켰다. 도착하면 주변 산세를 살피고 인적이 드문 곳에 정착해 살 것을 당부했다.

새벽녘, 경능이 봇짐을 싸던 중 누군가 집안으로 다급히 들어오며 운기를 불렀다.

---

5) 전남 화순군 능주면. 구 지명 '능성'

"어르신! 어르신! 얼른 몸을 피하십시오."

운기는 경능에게 지체 없이 피할 것을 명했다. 어느새 관군들이 대문 앞까지 몰려왔고, 경능은 부친이 묶어 준 몸종을 데리고 뒷문으로 도주를 감행했다. 경능은 목숨이 위태로운 식솔들을 뒤로하고 다급하게 산 쪽으로 몸을 숨겼다. 멀리서 식솔들이 잡혀가는 모습이 눈에 선하게 들어왔다. 관군들은 경능을 잡으려고 산 쪽으로 쫓아 올라오고 있었다. 경능은 몸종과 함께 있는 힘을 다해 산속으로 도주했다. 그러다 몸종은 관군에게 붙잡히고, 경능만이 어렵게 관군에게서 벗어날 수 있었다.

산 정상에 오르자 멀리 고향 마을이 경능의 시야에 들어왔다. 경능은 눈시울을 붉히며 고향 쪽을 향해 큰절로 부모님을 향한 하직 인사를 올렸다. 하루아침에 집안이 풍비박산이 나고 가족들과 생이별을 해야 하는 상황이 되자 주체할 수 없는 감정에 눈물이 흘러내렸다.

경능은 산 능선을 타고 한없이 남쪽으로 내려갔다. 쉬는 틈을 타 아버지에게서 건네받은 지도를 꺼내 펼쳐 보았다. 지도에는 지형이 세세하게 그려져 있었다. 그는 지도를 보며 걷고 또 걸어 남쪽으로 향했다. 얼마나 걸었을까. 몇 날 며칠을 걸어 마침내 전라남도 능주 목사 고을에 도착했다.

마을 입구에 들어서자, 능주 오일장이 서는 날이었는지 마을 사람들이 물건을 사고팔며 분주한 날을 보내고 있었다. 한쪽에서는 닭싸움이 벌어지고, 또 한쪽에서는 삼삼오오 모여 들어 놀이를 즐기는 등 모두들 풍요롭고 평화로운 모습이었다.

주막에서 며칠을 묵고 있던 경능은 저녁을 먹고 난 후 마당으로 나와 무심코 하늘을 올려다보았다. 마침 산마루에 보름달이 떠오르고 있었다.

'옳거니, 저 산을 넘어가 보자!'

다음 날 아침 경능은 주막집 주인을 불러 물었다.

"저 산을 넘어가면 무슨 마을이 있소?"

"저런 곳에 무슨 마을이 있겠소."

다음 날, 경능은 먹을거리와 생활에 필요한 물건을 사 들고 연주산을 오르기 시작했다. 올라가 보니 마을 전체가 훤히 내려다보였다. 주변 형세를 살펴본 후, 산을 넘어 지금의 행정구역인 화순군 한천면에 소재한 '가옥재'라는 인적이 드문 산중에 당도하였다. 멀리 굴뚝에서 저녁연기가 모락모락 피어오르고 있었다. 반가운 마음에 발걸음을 재촉하여 그 집 앞에 당도했다. 경능은 헛기침을 하고 주인을 불러내어 하룻밤 묵을 것을 청했다. 하지만 주인은 식구들이 묵을 방 한 칸밖에 없었다. 경능은 할 수 없이 그 집 헛간에서 하룻밤 신세를 질 수밖에 없었다.

다음 날 주인은 좀 떨어진 빈집을 알려 주었다. 그곳은 어제 산을 내려오던 길목에 위치해 있었다. 경능은 쓰러져간 빈집을 조금씩 보수해 갔다. 그리고 그곳에서 새로운 삶을 시작했다. 필요한 물건이 있는 날에는 연주산을 넘어 능주 장날을 이용하였고 장이 안 서는 날에는 책을 쓰거나 글을 읽었다. 마을 사람들은 그의 모습이 수상했는지 종종 수군거렸다.

어느 날 경능이 능주 장을 다녀와서 방 안에 들어가자 한쪽 구석에 단아한 밥상이 차려져 있었다. 아무리 생각해봐도 누가 차려 놓았는지 짐작할 수가 없었다. 그리고 며칠 후 아침부터 비가 내렸다. 밖을 나가지 못한 경능은 종일 책을 보고 있다가 부엌에서 '달그닥'하는 소리에 살며시 밖으로 나와 부엌 쪽으로 다가갔다. 살짝 열려 있는 부엌문틈 사이로 한 여인의 모습이 비쳤다. 순간 밥상을 마련해 준 이가 이 여인이라는 것을 알아차릴 수 있었다.

잠시 후, 여인은 부엌에서 나오다가 경능을 보며 화들짝 놀랐다.

"왜 여인네가 사내 혼자 사는 집에 찾아오는 것입니까?"

경능의 물음에도 여인은 아무 대답이 없었다. 그녀는 풍채가 좋고 깨끗하게만 보였던 경능이 글만 읽을 줄 알았지 살림을 전혀 못할 것 같은 생각에 도움을 주고 싶었던 모양이다.

어느 날 우연히 경능은 마을 사람들로부터 자신의 집에 찾아온 여인이 '신이 들렸다.'는 말을 듣게 되었다. 여인은 하루가 멀다 하고 경능을 찾아왔다. 심지어 옷가지와 이불 빨래를 해 주는 등 수발을 마다하지 않았다. 결국, 경능은 그 여인과 부부의 연을 맺고 살다가 1707년 달성을 낳았다.

완전하게 가정을 이룬 경능은 부인과 함께 밭을 일구는가 하면 산에 올라가 나무를 하기도 하고 쉬는 날에는 글을 읽다가 시조를 읊는 등 한가로운 시간을 보냈다.

그러던 어느 날 부인에게 아랫 마을에 사는 한 아주머니가 찾아왔다.

"아이가 몸이 시름시름 아파서 말소리 좀 들어 볼라고 왔소. 약을 써도 차도가 없는디 어찌게라이.”

아주머니는 ‘동네 사람이 알려 줘서 어렵게 찾아왔다.’며 부인에게 하자는 대로 할 테니 무슨 말이라도 일러 주기를 간청했다. 부인은 주저 없이 말이 나오는 대로 일러 주었다. 일종의 비방이었다. 이를 계기로 마을 사람들은 종종 부인을 찾았다. 이를 지켜본 경능은 이때부터 부인에게 글을 가르쳤고 손비빔[6] 말을 문서로 정리하기 시작했다.

시간이 흐르자 장성한 아들 달성이 좀 더 사람들이 많이 모여 사는 능주로 나가 살기를 원했다. 경능은 할 수 없이 달성을 능주로 내보냈다. 그렇게 능주에서 생활을 시작하게 된 달성은 동필과 인필 형제를 낳았다. 어느덧 이 소식을 알았는지 조정에서는 경능을 불러들이려 했다. 하지만 연로하다는 이유를 들어 조정에 나가지 않았다. 이를 통해 경능은 자연스럽게 능주에서 뿌리 내리게 되었다.

---

6) ‘비손’의 전라도 방언으로 ‘축원하며 빌어 준다’라는 의미이다.

동필의 혼인과 파문

　동필은 어느새 성장하여 한양으로 과거시험을 보러 다니기 시작했다. 어느 봄날, 동필은 과거시험을 치르고 내려오던 길에 경기도 한 주막집에 들렀다. 그곳에서 하룻밤을 지내기로 한 동필은 한밤중에 들린 인기척에 눈을 떴다. 도둑이 방에 들어와 동필의 머리맡에 놓아 둔 보따리를 들고 달아나는 것이다. 동필은 뒤쫓아 나갔지만, 도둑은 순식간에 사라져 버렸다. 허탈한 마음을 안고 주막으로 돌아온 동필은 잠을 자고 있던 사람들 틈에 누워 다시 잠을 청했다.

　다음 날 아침 일찍 주막을 나와 길을 걷던 동필에게 허기가 찾아왔다. 충청도쯤 지나가다 보니 설상가상으로 해가 저물고 있었다. 동필은 몇 푼 안 되는 돈을 확인한 후, 여비가 떨어져도 배는 채워야 했기 때문에 할 수 없이 주막집으로 들어갔다.

　그는 저녁을 먹은 후 주인에게 자신이 처한 사정을 이야기하고 하룻밤 묵을 것을 청했다. 주인은 별말 없이 방을 안내해 주었다. 방 안에는 몇몇 사람들이 짐을 풀고 휴식을 취하고 있었다. 좀 불편하긴 했지만 다행이라 여기고 두 다리 뻗고 누워 하품을 늘어지게 했다.

　내일부터는 머나먼 집까지 어떻게 내려가야 할지 걱정을 하고 있던 차에 어디선가 '쿵더쿵' 북 장구 소리가 아득히 들려왔다. 동필은 밖으로 나가 주막집 주인에게 물었다.

"이것이 무슨 소리요?"

"요 앞 대갓집에 큰 굿이 났지요."

흥이 많았던 동필의 발걸음은 어느새 그 대갓집으로 향하고 있었다. 집 앞에 도착하자 담장 너머로 걸판진 풍악 소리가 들려왔다. 동필은 열려 있는 대문 안으로 들어가서 쉬고 있는 틈을 타 일을 주관하는 무녀에게 다가갔다. 이곳에서 여비를 벌 기회라 생각한 동필은 그녀에게 조심스럽게 부탁했다.

"재주는 어떨지 모르나 북 치는 것을 거들어 드리면 아니 되겠소?"

고인들은 동필을 물끄러미 바라보다가 서로 의심스러운 눈빛으로 중얼거렸다.

"양반 행색인데 선비 같은 사람이 북을 잡을 수 있으려나?"

주관하던 무녀는 반신반의한 심정으로 승낙을 했다. 구경 나온 동네 사람들도 풍채가 그럴싸한 선비가 북이나 잡을 수 있겠느냐는 듯 비웃음이 이어졌다. 동필은 부친에게서 북을 배웠던 터라 북을 잡는 데 자신이 있었다.

그는 자신을 의심하며 바라보는 무속인들 틈에 앉아 자리를 잡았다. 북채를 잡고 '쿵~' 하고 한 번을 내려치니 꾸벅꾸벅 졸고 있던 주위 사람들이 눈을 번뜩 떴다. '또로록….' 동필의 옥구슬 굴러가는 듯한 북가락이 이어졌다.

"누구냐. 누가 치는 것이냐?"

주위 사람들은 수군거리며 어리둥절 쳐다보기에 바빴다. 그날 밤 동필은 밤새 굿에 충실히 임했다. 아침이 밝아 오자 비로소 굿은 끝이 나고 주관하던 무녀는 동필에게 여비를 듬뿍 챙겨 주며 말했다.

"이곳 근처에 오시면 한 번씩 들러 북채를 잡아 주세요."

그 후 동필은 한양을 몇 번 왕래하다가 그 무녀와 함께 능주 고향집으로 내려와 부부의 연을 맺고 살림을 시작했다.

동필은 능주관아 교방청에 우두머리로 있었다. 교방청은 관기들을 중심으로 문화예술인들이 주를 이뤘는데 이들은 중앙에서 내려온 관리들을 위해 음악과 춤 등 여러 기예를 제공하고 환영 잔치를 벌였으며 이들을 관리하고 교육하는 장소로 활용되었다. 훗날 일제강점기가 시작되면서 교방청의 기능은 유명무실하였고, 객사 외곽에 '신청'이라는 별도의 학습장소를 마련하여 예술 활동을 계속 이어 갔다. 교방청과 마찬가지로 신청의 대방은 절대적인 위치로 대방의 명을 누구도 거역할 수 없었고 규율 또한 몹시 엄격하였다. 이렇게 동필은 능주 삼현육각과 능주씻김굿 연행에 필요한 악공들을 가르쳐 길러 냈고, 관아의 행사나 마을의 모든 행사를 집전했다. 또 신청 소속 일원이 굿을 하고 돌아오면 받아 온 사례금을 신청 소속 고인들에게 분배하되 학습 수준에 따라 차이가 있게 분배했다. 악공들과 소리꾼 등 예술인들은 저마다 서로 경쟁하듯 1인이 여러 기예를 익히고 뽐냈으며 그들은 소리와 줄타기, 소리, 검무, 승무, 기악 등으로 다양한 학습의 장을 넓혀 나갔다.

훗날 동필과 인필 형제는 '가선대부'에 증직되어 신분이 노출되자, 문중에서 동필이 무속인과 혼인했다는 이유로 그를 파문시키고 말았다. 그러면서도 동필은 아버지 달성과 소리와 무속에 관한 내용을 정리하고 집필하는 데 힘을 쏟았다.

이후 유국을 거쳐 영서가 태어났고 영서는 전주 이씨 부인에게서 상범을 낳았다. 이씨 부인은 얼마 못 가 병이 들어 죽게 되고, 또 다시 보성 신씨 부인을 맞아들여 두 여식과 상문, 상언 4형제를 차례로 낳았다. 여식 중 큰 딸은 옥과로 시집을 갔고, 둘째 딸은 나주 노안면 용산리로 시집을 가 아들 '바우'를 낳았다.

얼마 지나지 않아 신씨 부인도 세상을 뜨자 영서는 크게 실의에 빠졌다. 그러던 중 장씨 부인이 들어와 어린 상범, 상문, 상언 삼형제를 정성껏 키웠다. 하지만 얼마 못 가서 영서는 세상을 떴고 무슨 연유에서인지 자신의 유언대로 능주에서 떨어진 청풍면 진밭 위 학송리 마을 바로 뒷산 양지 바른쪽 '학봉' 야산에 묻히게 되었다.

그 후 1906년, 둘째 아들 상문은 목포로 배를 타러 나갔다가 배가 뒤집히는 사고를 당하고 말았다. 장씨 부인은 아들의 신체라도 찾기 위해 능주 사람들을 동원하고 목포 앞바다에서 살고 있던 인부들까지 동원하여 몇 날 며칠 동안 숙식을 제공하면서까지 아들을 찾아 나섰다. 바다에 배 띄우기를 반복하여 마침내 종언의 신체를 찾아 능주로 데려올 수 있었다.

조씨 집안은 이때 재산을 거의 다 소진하다시피 했다.

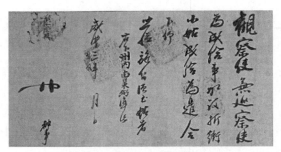

▲ 중앙으로부터 동필에게 내려진 교지

황제의 하사품

1903년(광무 7년) 상언이 홀로 당나귀를 타고 집을 나설 때면 어김없이 한양 땅 구중궁궐에서 줄을 타기 위해서다. 자주 집을 나섰던 상언은 어느 날 형인 상범과 함께 또다시 고종 황제의 부름을 받게 되었다. 마침내 한양에 올라간 두 형제는 한강변에 설치된 50m 길이의 줄 위에서 기량을 맘껏 뽐냈다. 그 모습을 본 황제는 크게 탄복을 하며 상범에게 의관직을 수여했고 상언은 황제의 하사품으로 신발 밑바닥에 은구슬이 박힌 빨간 가죽신을 받게 되었다.

고향으로 돌아온 상언은 하사받은 가죽신을 신고 신작로로 나갔다. 한 발을 내디뎠니 '떼갈', 또 한 발을 내디뎠니 '떼갈' 소리가 났다. 신작로에 있는 자갈과 신발 바닥의 은구슬이 마찰을 일으키며 나는 소리였다. 상언은 마음이 흐뭇했다. 한가한 날이면 상언은 '떼갈떼갈' 소리를 내며 자랑삼아 거리로 나갔다. 이때부터 조씨 집안은 떼갈 소리가 난다고 하여 마을 사람들로부터 '떼갈네'로 불리게 되었다.

상언이 명성을 날리던 1890년대까지만 해도 조씨 가문은 살림살이가 풍족했다. 당시 능주면 백암리와 천덕리 마을 일대의 논들은 거의 조씨 집안의 것으로 가을이면 셋거리[7]를 받으며 살았고, 집안의 장독대에는 셋거리 대신으로 받은 옹기가 지천으로 널려 있었을 정도였다. 상언의 부친인 영서는 자신의 논과 밭을 살림이 어려운 동네 사람들에게 지어먹으라며 나눠 주는 등 희사하는 경우도 많았다.

1899년 상언은 화순군 동면 자포실 마을에 살던 정홍을 부인으로 맞아들여 기남, 도남, 계남과 두 딸 자손인 날진이, 복인이 모두 5남매를 낳았다. 정홍은 키가 크고 절세미인이었으며 장부다운 기질이 다분하였다.

어느 여름날, 계속되는 가뭄으로 농경지가 황폐화되고 농사꾼들의 탄식이 이어지던 중 정홍은 꿈에 선몽을 받게 되었다. 그리고 열두 골짜기 물을 길러다가 영실청[8]의 모든 부정을 가시게 한 다음 논물이 들어오는 일흔일곱 군데 용수로를 찾아가서 용수로 입구에 있는 벼 이삭을 훑어다가 정성껏 올려놓고, 세 성바지[9] 집의 쌀을 구해다가 밥을 지어 단정히 담아 놓고 기도를 올렸다.

다음 날 아침, 정홍은 괭이와 소시랑을 든 건장한 마을 사람들을 소집하게 했다. 그리고 그 마을 사람들을 데리고 앞장서서 마을 뒷산으로 올라갔다. 얼마 동안 올라갔을까. 깨끗한 명당터에 얼마 되지 않은 새 봉분이 자리하고 있었다. 정홍은 그 묘를 지목

---

7) 사용한 세.
8) 신을 모시는 공간.
9) 세 가지 성씨가 다른 집

하더니 주인을 불러 오게 했다. 그리고 묘 주인에게 연유를 설명하고 묘를 파게 했다. 인부들은 지체없이 묘를 파서 신체를 다른 곳에 매장했다.

일을 마치고 산을 내려올 채비를 하자, 하늘에서 먹구름이 끼더니 갑자기 바람이 불기 시작했다. 마을 사람들과 산에서 내려올 때쯤에는 번개와 함께 우레 같은 천둥소리가 요란하더니 이윽고 장대비가 쏟아졌다. 이로써 마을에는 가뭄이 해갈되고 마을 사람들은 신통하다며 정홍의 말 한마디라면 주저 없이 믿고 따랐다.

[박정녀의 육성 녹취록]
"우리 씨어메가 나서서 헌닥했어. 그랬어. 가서 뫼 파라
고 허락해 주고, 아 애기들 차려서 불써 준다고 자석들
명지르라고 불써 준다고 헝께, 우리 씨어머니가 알아서
해빘는가비여, 그 심 믿고. 자식 좋단께 팔고, 먼저 나섰
는가비여, 말도 잘하고, 명치매 질질 끟고. 지금 와서 가
만히 생각해 보면 우리 씨어메 권도 있어."

막내며느리에 비친 시어머니의 모습이다. 불법인 묘를 파는 일까지 시위성에 가까운 행동을 경찰서로 앞장서서 찾아 들어가 과감하게 감행함으로써 허가에 가까운 묵인을 얻어 내 해결하는 담력과 권도는 경탄할 만하다. 이는 굿에 대한 자부심에서 나온 것으로 보인다. 굿에 있어서 자부심이 대단했음을 인지할 수 있는 사례가 하나 더 있는데 임종 직전에 정홍이 한탄한 말이다.

"아이고, 내 말을 어따가 다 전장을 하고 죽을꺼나."

이처럼 1930년대까지 왕성히 활동했던 정홍은 화순군 내에서 그 누구에게도 구애됨이 없이 무업권을 가장 많이 확보했던 인물이다.

하지만 1910년 일제강점기로 들어서면서 능주의 '교방청'은 사라지고 그 부산물로 관아 밖에 '신청'이 세워졌다. 능성(능주) 신청은 일명 '재인청'으로 불리며 처음에는 능주면 석고리 232번지에 임시 거처를 마련하여 활동하였다. 그러다가 풍수지리에 좋은 위치를 선정하여 행정구역상 '능주면 잠정리 228번지'에 300평 규모로 세워졌다. 신청부지 내에는 대방이 사용할 1채 건물, 청지기(신청 지킴이)가 사용할 건물 1채, 곳집 1채로 ㄷ자 형태로 지어져 있었다.

신청에서는 매달 음력 14일과 30일, 매년 정월 대보름, 추석에 제사를 지냈는데 모두 평상복 차림으로 절을 하였고 위폐에는 '대방 아무개'라고 쓰여 있었다. 신청은 관아행사, 제사, 굿등 마을의 중요 행사를 관장했던 곳이자 예인들의 교육이 이루어졌던 장소였다.

예인들은 '고인'[10]이라 칭하고 모든 악기를 연주할 수 있는 실력을 갖춰야 했다. 그래야만 행사장에서 몇 시간씩 오랫동안 삼현을 치더라도 서로 교대로 번갈아 가며 연주할 수 있었기 때문이다.

---

10) 바라지해 주는 사람으로 '악사'를 말한다.

1913년 일제의 행정구역 개편으로 능주군은 능주면으로 강등되고 말았다. 신청 사람들은 화순에서 능주로 이주해 와 살고 있던 '이화'라는 기생 때문이었다고 전한다. 이화는 능주 신청에서 불미스러운 일로 퇴출당하자 이에 앙심을 품은 나머지 경무관과 경시를 구슬리더니 마침내 총독부의 마음을 움직여 화순을 군으로 승격시키는 데에 성공했다.

이로써 능주 소재 인구는 날로 줄어들었고 신청에 모여 학습하던 문하생들마저 하나둘씩 떠나기 시작했다. 신청의 문하생들은 결국 조씨 가문의 친인척들과 토박이 마을 사람들로 구성되고 있었다. 이때 신청 소속이었던 김광동, 김막동(김복동)은 별호로 대자, 복뎅이, 유백이로 불리었다.

마지막 신청 지킴이로 남아 있던 상언은 남은 문하생들을 다독이며 직접 검무, 승무, 그리고 소리 등을 가르치기에 이르렀고 마을 행사나 향교의 제사를 지낼 때 악공들을 데리고 삼현육각을 잡히게 하는 등 음악 활동을 계속 이어 나갔다. 또한 이들은 가깝게는 나주, 광주, 여수, 순천으로 멀게는 원산, 진주, 부산 동래까지 소리선생으로 불려 가 몇 개월에서 1년 이상씩 머무르다 고향 집으로 돌아오곤 했다.

인필의 후손인 조송문은 능주 신청에 소속(총무)되어 있으면서 조바우와 조계남을 가르쳤다. 바우는 계남의 고모 아들로 계남과 사촌지간이다. 계남의 고모는 두 분이 계셨는데 한 분은 옥과로 시집을 가 'O이란'을 낳았고, 또 동생 한 분은 나주 노안면 용산리로 시집을 가 '바우'를 낳았다.

1916년 능주에도 어김없이 일제가 들어와 통치하고 있었다. 그곳은 목사고을답게 마을 규모가 큰 편이어서 타지 사람들이 많이 몰려들었다. 신청에 소속된 이들은 대갓집이나 기생집에 불려가 삼현가락에 맞춰 소리와 줄타기 등 솜씨를 뽐냈고 쉬는 날이면 신청 사람들끼리 모여 저마다 기량을 닦았다. 능주에서 오랫동안 터를 잡고 사는 사람들은 능주가 광주보다 더 큰 고을이었다고 주장할 정도로 능주 권역이 워낙 규모가 커서 여러 곳에 기생집들이 수십 채가 진을 치고 있을 정도였고 국악인들의 성지였다는 이유로 능주권번이란 용어 자체를 사용하지 않았다고 전한다.

당시 능주에는 우리 음악에 관심이 있거나 배우고자 하는 한량객들도 덩달아 몰려들었다. 전국 각지의 한량들이 당나귀 등에 돈 꾸러미를 가득 담은 전대를 얹고 꺼덕거리며 들어섰다. 이렇듯 조선 각지에서 오는 한량들의 발길이 끊이지 않았다.

능주에 들어서면 기생집 하나를 정해 봇짐을 풀고 전대 속 돈 꾸러미가 다 없어지도록 풍류를 즐겼다. 돈 꾸러미가 떨어지고 빚지는 날에는 고향으로 돌아가지 못하고 기생집 행랑채로 거처를 옮긴 후 하인 생활로 돌아서는 경우가 허다했다.

하지만 일제는 사람들이 모이는 것을 꺼렸다. 마을 사람들이 모이는 것을 통제함은 물론 금지시키기까지 했다. 그런 이유로 여러 음악인의 학습장소로 활용되던 신청의 기능도 서서히 약화되어 가고 있었다.

그런 혼란기 속에서 1916년 12월, 상언의 막내아들인 조계남이 태어났다. 계남의 형제는 위로부터 수진이, 조기남, 날진이,

조도남, 복인이, 조계남으로 6남매였다. 계남은 부친이 거의 신청에서 살다시피 한 탓에 어린 시절부터 기생들 품에서 자랐다. 그로 인해 계남은 자연스럽게 각종 음악을 접할 수 있었다. 신청에 소속된 사람들은 하나같이 계남을 예뻐했고 이 집 저 집 서로 돌아가며 어린 계남을 돌봐 주었다.

▲『유충렬전』

불타는 신청

　평화로운 시간이 계속되던 어느 날, 모두가 잠들어 있는 한밤중에 "불이야~!" 하는 소리와 함께 요란한 사람들의 목소리가 들려왔다. 상언은 벌떡 일어나서 마당으로 나가 밖을 살폈다. 신청쪽에서 불길이 치솟고 있었다. 단걸음에 뛰어가 보니 신청 건물이 불에 타고 있었다. 신청에 모셔진 봉안을 목숨보다 더 중히 여겼던 상언은 말리려던 사람들을 제치고 지체 없이 불길 속으로 뛰어들었다. 사람들은 걱정 가득한 얼굴로 아우성쳤다.

　잠시후 상언은 가슴에 무언가를 품고 시커먼 연기를 뒤집어쓴 채 그을린 모습으로 불길 속을 빠져나왔다. 신청은 온 마을을 집어삼킬 듯 타올랐고 불길은 상언을 비웃듯 더욱 활활 솟구쳤다.

　서서히 날이 밝아 오자 마침내 마을 사람들의 도움으로 불길이 잡혔다. 꼬박 밤을 샌 상언은 곧장 경찰서로 향했다. 누가 불을 냈는지 심증이 있었기 때문에 화풀이라도 해야만 분이 풀릴 것 같았다. 상언은 경찰서로 들어가 "왜 선량한 사람들을 괴롭히냐."라며 따져 물었다. 상언을 마주한 그들은 시치미를 떼는 것도 모자라 되레 언성을 높이며 폭언을 서슴지 않았다.

　상언은 집으로 돌아와 그을린 봉안을 살폈다. 그을린 흔적을 보자 억장이 무너졌다.

"천하에 죽일 놈들…."

상언은 몇 번을 되뇌며 중얼거리다가 오물통을 들고 다시 경찰서로 향했다. 경찰서에 도착한 상언은 입구에서 제지를 당하자 들고 있던 오물통을 내 던졌다. 결국 상언은 현장에서 체포되고 순사에게 붙들려 화순으로 이송되었다.

정홍은 곧장 화순 경찰서를 찾아갔다. 당시 나라에 녹밥을 먹을 사주가 있는 아들들이 있으면 정홍에게 파는[11] 경우가 많았는데 그 아들들이 장성해서 경찰서 등 관청에 근무하는 이가 많았다. 결국 정홍이 자신에게 판 아들들의 힘을 믿고 무속인으로서 당찬 힘을 발휘한 것이다.

그 결과 경찰서에서 하룻밤을 묵은 상언은 부인 정홍의 도움으로 집에 돌아올 수 있었다.

집으로 돌아온 상언은 불에 탄 신청을 복원하기 시작했다. 하지만 일제는 신청을 강제로 빼앗고 직접 관리하겠다며 신청 소속 사람들을 모이지 못하게 조치하였다.

일제는 여기서 그치지 않고 상언의 집안 곳곳을 뒤져 선대에 물려받은 은그릇 놋그릇을 몽땅 가져갔다. 이때 상언은 고종황제에게 하사받았던 가죽신(갓신)마저 빼앗겨 분실하게 되었다.

일제는 더 나아가 사람들이 모이는 것 자체를 통제함으로써 중요한 마을 행사나 굿을 전면 금지시키는가 하면 '굿은 미신이다.'라고 선전하기에 이르렀다. 설상가상으로 미신이란 단어가 이때

---

11) 신에게 자손을 판다는 의미로 영자는 촛불을 밝히며 빌어 주고 실제 아이는 영자에게 어머니라고 칭한다.

부터 동네 사람들 입에 오르내리기 시작했다.

이를 계기로 상언은 신청활동을 거의 할 수 없었으며 오태석, 오진석 일행과 많은 예술인들이 능주 고향집을 떠나 타지역으로 이주하기 시작했다. 이때부터 조씨 가계도 차츰 기울어져 갔다.

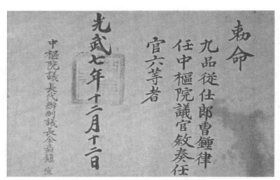

▲ 상범에게 의관 벼슬직을 내린 임금의 교지

어린 소리꾼

1918년 계남의 나이가 세 살이 되던 때, 상언은 물을 담아놓은 종기 그릇 속의 피리 '서[12]'를 꺼내 불어 보곤 했다. 호기심이 가득했던 계남은 아버지가 없는 틈을 타 대접이 있는 쪽으로 슬그머니 걸어가 물에 담긴 피리 '서'를 꺼내 들고 입으로 힘껏 불어 보았다.

"빼~"

세 살짜리가 어디서 그런 공력이 나오는지 어린 계남은 자신이 내는 소리에 놀라 그만 피리 '서'를 바닥에 떨어뜨렸다.

"허 허, 저놈 참, 뱃심 좋네!"

상언의 말이 떨어지자 주위에 있던 신청 사람들이 신통하다며 어린 계남의 행동에 깔깔거리며 웃었다.

1920년 다섯 살이 된 계남은 신청의 어른들과 기생들의 소리를 귀동냥하는 덕에 어른들의 소리흉내를 곧잘 내곤 했는데, 학습을 하고 있던 신청 어른들이나 기생들은 무료한 시간을 틈타 그런 계남을 불러 소리를 부탁했다.

그러면 계남은 발음이 어설픈 목소리로 그럴싸하게 소리흉내

---

12) 피리 관대에 꽂아 부는 일종의 리드이다.

를 냈고, 신청사람들은 웃고 떠들고 즐거워하며 용돈을 건네주기도 했다.

일제강점기에는 신청에 기여하거나 활동을 인정받으면 누구라도 신청에 소속될 수 있었는데 각양각색의 사람들이 모인 장소여서 아직까지도 규율이 엄했다.

"그 따위로 임방에 다니느냐?"

규율을 잡기 위해 선배는 후배를, 선생은 제자를 매로 다스렸다. 그 모습이 안타까웠는지 상언은 신청에서 심하게 매를 든 이를 추방하기까지 했다.

1922년 여름날 이른 아침, 상언은 신청에 소속되어 소리공부 중이던 일행을 데리고 유바탕에 올랐다. '유바탕'이란 소리 여섯 바탕을 따서 부른 지명으로 신청에 소속된 소리꾼들이 공부하던 득음 장소로 활용되었다. 원래 '육바탕'이란 용어를 연음화해서 부르다 보니 '유바탕'으로 불렸다.

능주 뒷산에는 동저골과 유바탕이란 곳이 있는데 동저골은 내동마을로 가는 지름길로 이용되었고 '유바탕'은 신청 소속 예술인들의 학습 장소로 활용되었다. 유바탕은 지금의 능주고등학교 뒷산 비탈길로 넘어가면 구릉지처럼 지대가 낮게 꺼져 있으며 잔디로 가득한 평평한 곳이 나온다.

상언은 그 곳에 집 한 채를 마련하고 일본의 눈을 피해 예술활동을 지속하였다. 지금은 집 형체를 알아볼 수 없을 정도로 허물어져 있지만, 당시에는 본채와 별채로 나누어 연주산을 바라보고 지어져 있었다.

일자로 지어진 본채는 대청과 마루, 큰방1, 작은방1, 부엌이 있었다. 오른편으로는 장독대와 별채인 헛간이 있었고 감나무 세 그루와 은행나무 한 그루, 그리고 샘이 있었다. 집 주변으로 대나무가 빽빽이 병풍처럼 둘러쳐 있어서 소리 공부하기에는 아주 적합한 장소였다. 소리를 공부하는 이는 소리 선생에게 해가 질 때까지 혼이 나면서 진땀을 흘려야 했던 곳이 바로 이곳이었다.

또 유바탕 주변에는 관음사란 절이 있었는데 그 일대가 논·밭으로 바뀌어 지금은 그 흔적을 찾아 볼 수 없다.

어느 날, 점심때가 되자 신청 소속 기생은 음식을 장만한 뒤 지게꾼을 통해 음식을 유바탕으로 올려 보냈다. 그날은 지게꾼이 초행길이어서 지게꾼에게 길을 안내할 사람이 필요했다. 마침 아버지를 따라 몇 번 올라가 본 적이 있었던 상언의 막내아들 계남이 자청하여 길을 안내하겠다고 나섰다. 아버지와 소리꾼들의 모습이 궁금했던 까닭도 있었다.

학교 뒷산을 넘어 유바탕을 찾아 산속으로 들어가니 점점 소리꾼들의 소리가 가까이 들려왔다. 유바탕에 들어서자 시끌벅적하게 소리 공부하는 이들과 공부가 부족한 이를 훈계하는 선생들의 모습이 보였다. 공부하는 이들은 받은 음식을 즐겁게 나눠 먹으며 잠시 쉬는가 싶더니, 또다시 소리 공부가 시작되었다. 그들에게 방해가 될세라 계남은 곧장 지게꾼과 함께 산을 내려왔다.

기남 삼형제는 아버지가 짜 준 들그물[13]을 가지고 큰 냇가로 나가 물고기를 잡곤 했다. 기남과 막내인 계남이 들그물을 치고 쪽대를 양옆으로 잡고 있으면 도남은 멀리서 돌을 던지며 물고기를 몰아오는 역할을 했다. 그렇게 형들과 놀고 집에 돌아온 계남은 세상모르게 잠이 들었다.

다음 날, 상언은 막내아들 계남을 깨워 자신을 따라오게 했다. 계남은 영문도 모른 채 북통을 들어 메고 아무 말 없이 걷고 있는 아버지 뒤를 따라 학교산을 올라갔다.

북통이 왜 이리 무거운지, 계남이 낑낑대며 도착한 곳은 어제 올라왔던 유바탕이었다. 이른 아침인지라 울창한 풀숲에는 이슬방울에 촉촉이 젖어 있었다. 상언은 평평한 곳에 계남을 앉게 한 다음 자신도 자리를 잡고 앉았다. 계남에게 자신을 따라 해 보라며 막대기로 돌을 두드리고 선창을 했다. 계남은 아버지를 따라 장단을 치며 소리를 시작했다.

"덩궁덕 궁덕덕 궁궁딱 궁~ 궁⋯."

아침을 깨우는 북소리에 산새들이 날개를 퍼덕였다. 그렇게 얼마 동안 장단 공부가 이어졌고, 상언은 이내 젓대를 꺼내 불기 시작했다.

아버지가 앉아 있는 자리에서 안개가 자욱하게 피어오르기 시작했다. 순간 계남은 아버지의 모습이 참으로 신선처럼 느껴졌다.

---

13) 물속에 그물을 펼쳐두고, 미끼로 물고기를 유인하여 들어 올려 잡는 그물.

1922년 어느덧 7세가 된 계남, 송문 씨에게 정식으로 피리학습을 받았다. 그리고 신청 어른들 틈에 끼어 본격적인 신청생활을 하게 된다.

어느 날 화순군 동면 박씨 대갓집에서 둘째 아들 혼례식이 있었다. 이른 아침 수십 명의 신청 소속 사람들이 줄을 지어 능주를 출발했다. 화순읍 입구에 들어서자 웅장한 삼현육각 음악이 울려 퍼지기 시작했고 동네 사람들은 남녀노소 할 것 없이 집 밖으로 뛰어나와 구경하기에 바빴다. 행렬은 임금님 행차 못지않게 소홀함이 없이 웅대했다.

삼현육각을 잡은 일행들은 음악을 연주하며 화순읍을 거쳐 너릿재까지 넘어갔다. 행사의 알림을 위해서였다. 다시 너릿재를 넘어온 일행들은 화순읍을 거쳐 동면으로 들어갔다. 이윽고 마을 입구에서부터 대갓집까지 장엄한 음악 연주가 이어졌다. 대갓집에 들어서자 웅성웅성 모여드는 동네 사람들, 혼례식을 넘어 동네잔치가 되고 있었다. 능주 삼현육각 일행들은 해 질 녘이 다 되어서야 그 대갓집을 나설 수 있었다. 두둑한 전대를 받아 든 일행들은 정답게 얘기하며 능주로 향했다.

▲ 조동필의 소장품인 북

삼재 비방법

1923년 어느 날 정홍은 갑자기 내종이 생겨 병이 들었다. 자식들은 병에 좋다는 온갖 약을 다 써 보았지만 아무 소용이 없었다. 기남과 도남, 계남 3형제는 '까치를 잡아서 옻칠을 넣어 칠계를 내어 먹으면 낫는다.'라는 정홍의 말을 듣고 엽총을 메고 돗재 산중으로 까치를 잡으러 들어갔다. 산속을 얼마나 헤매고 다녔을까. 예기치 못하게 하늘에 먹구름이 덮이더니 금세 비가 내리기 시작했다. 삼형제는 비를 피하고자 어느 산중 움막을 발견하고 곧장 그곳으로 달려가 움막 밖에서 비가 그치기만을 기다렸다.

그러던 중 움막 안에서 인기척이 들려왔다.

"들어와 비를 피하고 가시오."

나지막한 노인의 목소리였다. 슬며시 들어가 보니, 수염이 긴 노인이 앉아 책을 보고 있었다. 신이 들린 노인은 밥 대신 생쌀을 먹고 물도 끓여 먹지 않고 찬물을 먹는 등 산중 수행 중인 도인이었다.

도인은 삼형제가 왜 깊은 산속을 찾아 들었는지 자초지종을 알게 되었다. 도인은 형제들의 효심을 헤아리고 자신이 신에게 내려 받은 삼재 비방법을 알려 주었다. 도인은 삼형제에게 부적을 건네주며 많은 사람들을 위해 써 달라고 주문했다. 그러면서 '서

산대사, 성진대사에 보덕국사에 사명당에서 일러 주신 칠성부적과, 홍문전 높은 잔치에 승가를 베풀던 홍장군 본에서 나온 매'라며 일러 주었다.

부적을 받아 든 삼형제는 비가 그치자 산중을 빠져나와 집으로 돌아왔다. 삼형제는 생닭을 잡아다가 밖에다 바치고 물 세 그릇, 밥 세 공기를 올려놓은 후 부적을 붙이고 절을 올렸다. 그 이후로 삼형제는 정월달이 돌아오면 붓을 들고 삼재부적을 열심히 그렸다.

삼재부적을 붙이는 방법은 묘 없는 명산에 올라가 엄두릅나무를 끊어다가 가로로 엮어서 문지방 밖에 달아 놓고, 칠성받이 집에 가서 햇멥쌀 세 봉다리 얻어다가 매달아 놓는다. 또 고추 셋 달아 놓고, 드는 삼재는 안에다 나가는 삼재는 바깥에다 붙인다. 그러다 나가는 삼재 때인 섣달 그믐날 논두렁 물이 떨어지는 곳에 가서 물고독[14]을 주워다 그 위에 부적을 태우고 절 세 번을 하고 난 후, 그 물고독은 가져온 그 자리에다 다시 갖다 놓으면 삼재비방이 끝이 난다. 삼형제는 이 과정을 거치며 도인이 가르쳐 준 방법 그대로 이행했다.

---

14) 떨어지는 물을 받아 내는 돌.

나라 잃은 설움

1924년 항일의식이 각별했던 상언은 신청활동을 못마땅해하고 방해하려는 일제에 대한 적개심을 늘 가지고 있었다. 능주의 마지막 신청지기였던 상언은 능주 장날(음력 10월 14일) 맨상투 차림으로 흰색 두루마기를 입고 장에 나갔다. 한 순사가 말을 탄 채 상언에게 물었다.

"왜 상투를 자르지 않느냐?"

"……"

"왜 아직도 상투를 자르지 않는 것이냔 말이다!"

당시 단발령이 시행된 이후로 상투를 한 이를 찾아보기 힘들었다.

순사는 말을 탄 채 다가오더니 상언의 상투를 잡고 흔들기 시작했다. 상언은 함부로 자신의 상투를 흔드는 모습에 참을 수가 없어 소리쳤다.

"네 이놈들! 무슨 행패냐."

"주위를 둘러봐라."

순사의 말에 상언은 다른 사람들을 바라보았다. 자신만 상투를 했을 뿐 다른 사람들의 상투 차림을 찾아볼 수 없었다. 하지만 그는 자신의 고집을 꺾지 않았다. 상투를 자를 수 없다며 단호히 버티자 사람들은 환호성을 질렀다.

순사는 화가 났는지 가지고 있던 검은 먹물을 상언의 흰 두루 마기 위에 뿌려댔다.

"하하하…."

상언은 순사의 비웃음에 참을 수 없는 수치심이 밀려왔다. 분한 나머지 두 주먹을 불끈 쥐고 부르르 몸을 떨었다. 이내 사람들은 그에게 다가와 참으라며 감싸고 달랬다. 상언은 분했지만 애써 감정을 억눌렀다.

그렇게 집에 돌아온 그는 한참을 망설이다 마당에 거적을 깔고 물 한 그릇을 떠놓고 절을 한 다음, 가위로 상투를 잘랐다. 잘린 상투를 부여잡은 상언은 그 자리에서 한없이 울었다.

"결국, 이 나라는 망했구나."

신청에 모셔 둔 봉안[15]을 싸 들고 영벽정 아래 강가로 나간 상언은 모든 것이 끝났다는 절망감에 봉안을 태우기 시작했다. 그를 따라와 이 모든 모습을 지켜본 이가 바로 열 살도 채 안 된, 전라도 시나위 마지막 대가로 알려진 '조계남'이었다.

봉안을 태우고 집에 돌아온 상언은 마당에 거적을 깔고 몇 날 며칠 식음을 전폐하고 통곡할 뿐이었다. 나라 잃은 설움 속 봉안을 지키지 못한 선영에 대한 죄스러운 마음에 주체할 수 없는 감정이 밀려 왔다.

이때 능주에 터를 잡고 살던 김채만, 오태석, 오진석, 조몽실, 임방울(승근), 한주환 등 많은 신청 소속 예술인들은 능주를 떠났다.

---

15) 신청 어른들의 위패가 모셔져 있는 함으로 '감실'이라고도 한다.

그 일로 상언은 '이제 우리의 시대는 끝났다.'라고 판단했다. 훗날 자식들이 먹고 살아가는 데 있어 걱정스러웠던 그는 자기 스스로가 해 오던 굴레를 벗어나길 바랐다. 하지만 그것도 잠시 뿐, 어느 순간부터 자신이 해 오던 대로 자식들에게 자신의 기예를 가르치고 있었다.

　그러던 어느 날, 계남은 홀로 신청 마루에 앉아 피리를 연습하고 있었다. 그때 일본인 순사가 신청에 들어왔다.
　"오늘은 왜 이리 조용한가? 다들 어딜 간 건가?"
　마당을 쓸고 있던 인부가 순사에게 다가서며 말했다.
　"예! 오늘은 다들 읍내에 나갔습니다."
　마루에 앉아 있던 계남은 주섬주섬 악기를 싸고 있었다.
　일본인 순사는 신발을 신은 채 마루로 올라오더니 피리'서'가 담긴 대접물을 마루에 그대로 붓고 피리'서'를 발로 밟아 비비기까지 했다.
　화가 난 계남은 순사의 다리를 잡고 들어 올려 보려고 애를 썼지만 힘에 부쳤다. 순사는 그것도 모자라 조각난 '서' 조각을 마당 쪽으로 '툭'하고 발길질을 했다. 씩씩거리며 화가 난 계남을 뒤로 하고 순사는 만족스럽게 웃음을 지으며 신청을 빠져 나갔다. 계남은 산산조각이 난 피리'서' 조각들을 하나하나 주워 보자기에 고이 쌌다.
　청소를 하고 있던 머슴은 슬그머니 순사 뒤를 따라 나서더니 순사에게 알 수 없는 귓속말을 전했다. 이를 지켜 보던 기생은 낌

새를 알아 차리고 다급히 계남을 불렀다.

"순사들이 금방 들이닥친다고 얼른 유바탕에 알리소!"

계남은 불이나케 유바탕으로 달려가서 이 사실을 알리자 사람들은 재빨리 산속으로 흩어졌다. 그 후 신청소속 예술인들은 한동안 유바탕을 오르지 못했다.

▲ 조상언의 술띠

태극기 제작

1929년 11월, 광주에서 학생독립운동이 일어났다. 능주에도 이 운동이 들불처럼 번져 1929년 12월 항일의식이 강했던 조상선과 공기남, 조계남, 조도화 등은 태극기를 만들기 위해 계남의 아랫채 방 하나를 빌렸다. 계남과 도화는 번갈아 가며 밖을 감시했고 이틀 동안 많은 양의 태극기를 만들어 배포했다.

그렇게 일제의 탄압이 계속된 가운데 1940년으로 접어들자, 창씨개명 시대가 도래했다. 상언도 예외는 아니었다. 창씨개명을 피하기 위해 그는 부인 정홍을 데리고 거처를 옮겨 다녔다.

이름을 별호로 바꿔가며 처음에는 석고리로 옮겼다가 두 번째는 석고리 다른 지번으로 옮겼고, 세 번째는 잠정리 집으로 옮겼다가 네 번째는 선산이 있던 한천면 가옥재 마을로 거처를 옮겼다. 이때 한씨와 공씨 등 예술인 가족들도 상언을 따라 가옥재 마을로 들어가 살게 되었다. 이들은 얼마 동안 이곳에서 지내다가 상언이 다시 능주로 나오게 되자 한씨와 공씨 가족들도 능주를 몇 차례 왕래하다가 타 지역으로 이주했다.

인필의 후손인 조경환과 조학진, 조상선, 그리고 '조떵어리', '멋떵어리'란 별호로 불리면서 가야금병창으로 한 시대를 풍미했던 '조명수'도 이때 능주를 떠나 광주로 거처를 옮겼고 상언의 아들

견만도 부엌으로 이름을 바꾸고 나주 노안면 용산리 마을로 이주
하기까지 했다.

이 시기에 능주의 많은 예술인들은 거의 유명무실해져만 갔다.

▲ 조상언이 승무를 가르칠 때 사용한 제금발(자바라)

젓대 소리와 명고수 탄생

    1934년 계남이 19세가 되던 해, 능주에는 너도나도 소리 한 대목을 못 하는 이가 없었을 정도로 소리꾼들이 많았다. 또 일요 일이면 한량들은 능주 영벽정에서 풍류를 즐기곤 했다. 이날도 능주 신청 소속 예술인들은 영벽정에 모여 앉아 서로 돌아가며 자신의 기량을 선보였다.

    그 다음으로 계남의 스승인 송문 씨가 젓대를 들고 연주했다. 옆에 있던 머슴 하나가 재빠르게 뛰쳐나오더니 무릎을 꿇은 채 젓대에서 흘러나오는 침샘[16]을 받아내기 위해 하얀 종기그릇을 받쳐 들었다.

    능주에는 이런 이야기가 전해 오고 있다. 능주의 어느 처자가 시집을 갔다. 시집을 가서 보니 서방님의 행동이 좀 남달랐다. 집 에만 들어오면 앓는 소리를 하는 것이었다.

    "아이고 허리야! 아이고 팔이야!"

    매일 아침에 나가면 밤늦게 집에 들어와 아랫목에 쓰러지기 바 빴으며, 허리, 팔다리 타령이 빠진 날이 없었다. 하루도 거르지 않 는 서방님의 이 모습에 새댁은 어느 날 불현듯 궁금증이 일었다.

---

16) 대금을 불면 입김에 물방울이 생겨 대금관으로 흘러 내려옴.

'우리 서방님은 도대체 어떤 일을 하시길래 항상 저러실까?'

하루는 아침을 먹고 나서 서방님 뒤를 몰래 따랐다. 서방님은 어느 큰 잔칫집으로 들어갔다. 새댁은 까치발을 하고 담 너머 풍악 소리가 흘러나오는 마당 안을 들여다봤다.

서방님은 삼현육각[17]을 연주하는 악사들 틈에 같이 있었다. 그런데 서방님의 자세가 좀 이상했다. 젓대(대금)잽이 바로 옆에 붙어 앉아서 젓대가 처지지 않도록 받치고 있는 모양새였다. 사실은 젓대를 불면 입김으로 인해 젓대의 관 끝에서 한 방울씩 떨어지는 물기를 종기로 받쳐 받아 내고 있었던 것이다.

다음은 계남의 차례였다. 지금까지 갈고 닦은 기량을 어른들 앞에 선보이는 중요한 자리였다. 계남은 자신이 만든 젓대를 꺼내 들었다. 또 다시 머슴은 계남 옆으로 다가가 무릎을 꿇은 채 하얀 종기를 받쳐 들었다. 젓대에서 흘러나오는 소리에 모두 숨을 죽인 채 집중하고 있었다.

"웅~ 웅~"

계남의 젓대소리가 영벽정의 운치 있는 풍광과 어우러져 사방에 울려 퍼졌다.

마침내 연주는 끝이 나고 흥겨운 시간이 계속되었다.

1933년 도화는 중학교를 졸업하고 광양 금광이라는 회사에 경리로 취직했다. 직장생활을 하고 있던 도화는 우연히 순천권번

---

17) 가야금, 거문고, 해금 3현과 징, 장구, 북, 대금, 쌍피리로 우리나라 전통악기 편성 명칭.

에 간간이 출입하게 되었다. 그곳에서 한량북을 잡게 되었고, 남 원사람 이한량이라는 한량으로부터 북을 배우기 시작했다.

그러다 그곳에서 소리 선생으로 와 있던 집안의 어른인 김막동 (복덩이)을 만나게 되었다. 김막동은 보통 6개월 이상을 순천권 번에 머무르며 풍류객과 기생들의 소리를 가르치고 있었는데 이 때 이미 능주의 조명수, 조몽실, 박기채 등 소리선생들도 원산, 진주, 부산 동래권번까지 진출하여 동래온천 별장 등을 옮겨 다 니며 소리선생이나 기악선생으로 활동하였다. 어떤 이는 그 이후 로 능주의 한량춤이 동래학춤으로까지 발전한 계기가 되었다는 증언도 서슴지 않았다.

진주권번 또한 능주의 소리선생들이 출입하면서 능주의 조동 필 시대부터 꽃피웠던 검무의 영향을 받지 않았나 조심스럽게 추 측해 본다.

한편 김막동은 도화에게 아예 순천 권번으로 옮길 것을 권유하 여 직장을 그곳으로 옮기게 되었다.

도화는 권번의 경리를 봐 주면서 기생들을 관리하는 업무도 겸 했다. 이는 고향에서 갈고 닦은 기량을 소리와의 인연으로 다시 만나 명고수로 거듭나는 전환점이 되었다.

1936년 상언의 삶은 날로 궁핍해져만 갔다.

과거, 물질적으로 풍족했던 시절, 예술인들이 모여 살던 빙고 동 마을 맨 위쪽 지대에다 세 칸짜리 큰 집을 지어서, 한 칸은 큰 아들 기남이가, 또 한 칸은 둘째 도남이가 사용케 했다. 지금은 그 형체를 알아볼 수 없을 만큼 허물어져 있지만 지척에 있는 신청을 관리하기 위함이었다.

어느 날 계남은 할아버지가 살고 있는 집을 찾아갔다. 집에는 아무도 없었다. 부엌문이 살짝 열려 있는 틈 사이로 무심코 안을 들여다 본 계남, 디딜방아 안에 어렴풋이 꿈틀거리는 물체가 보였다.

어두워서 무엇인지 잘 보이지 않자 계남은 천천히 안으로 들어갔다. 가까이 다가가 보는 계남, 디딜방아 안에 큰 구렁이 한 마리가 똬리를 튼 채 고개를 쳐들고 있었다.

놀란 계남은 그 자리에서 발이 떨어지질 않았다. 그렇게 숨죽이고 서 있던 차, 누군가 계남의 어깨를 툭 쳤다. 형 도남이었다. 구렁이를 본 도남은 놀라 펄쩍 뛰더니 징그럽다며 곧장 사람을 불러 밖으로 버릴 것을 주문했다. 사람은 구렁이를 가지고 나가더니 버리기는커녕 불로 그슬리고 말았다. 그것을 알게 된 정홍은 도남에게 크게 호통을 치며 탄식했다.

"업구렁이를…, 어쩌자고 그런 짓을 했느냐? 집안이 망할려고 하니 이런 재앙이 생겼구나!"

그 일 때문이었는지 그 이후 조씨 가계는 하루가 다르게 기울기 시작했다.

계남의 독공

1938년 계남의 큰형인 기남은 만주로 올라가 큰 식당을 운영하며 많은 돈을 벌고 있었다. 계남의 나이 23세가 되던 해, 고향집으로 내려와 살게 된 기남은 결혼을 하고 식솔들을 거느리게 되었다. 가정을 꾸리고 살던 그는 돈을 벌 목적으로 또다시 만주로 올라갔다.

그러나 생활이 여의치 않자 기남은 다시 고향으로 내려왔고, 내려올 때 가지고 온 아편을 하기 시작했다. 이 사실을 알게 된 어머니 정홍은 기남에게 크게 호통을 치고 능주면 5리 밖으로 내치고야 말았다. 다시는 능주에 발을 들여놓지 못하게 한 강제 조치였다. 그렇게 기남은 식솔들을 데리고 능주에서 떨어진 천덕리 마을로 이사를 하게 되었다.

이때 계남은 형님의 이삿짐 나르는 것을 돕기 위해 상을 머리에 이고, 형수 뒤를 따르며 이삿짐 옮기는 일을 거들었다. 그렇게 기남은 천덕리에서 몇 년을 살다가 식솔들을 데리고 서울로 올라가 완전한 서울살이에 접어들었다.

화순군 도암면 원천리 마을에 살고 있던 둘째인 도남 역시 인공의 후유증으로 부인을 잃은 슬픔을 이기지 못하고 술을 가까이 하여 상언의 눈 밖에 났다. 그 후로 두 아들은 능주에 발길을 하지 못하였다.

　그렇게 모든 형제가 떠난 후, 계남은 홀로 고향에 남아 대대로 지내 온 집안의 제사와 각종 대소사를 손수 챙기며 가장 역할을 하기 시작했다.

　계남의 스승은 본래 신청 출신으로 기예가 탁월했던 집안 어른 인 조송문이었다. 하지만 상언은 '자신의 시대는 끝났다.'고 생각 하여 자식들에게 대물림을 강요하지 않았다. 그 이유는 살아갈 날이 창창한 자식들이 무속인, 광대자식이라며 천대받거나 사회 에 나가 당당하지 못해 마음을 못 잡고 방탕한 생활을 하지는 않 을까 염려스러웠기 때문이다.

　얼마 못 가서 계남의 스승인 송문은 병이 들어 세상을 뜨고 말 았다. 그 이후 계남은 오진석에게 피리를 배우다가 오진석이 능 주를 떠나게 되자 식솔들의 부양을 책임져야 했던 계남은 농사를 지으면서도 굿판에 뛰어들어야만 했다. 그래서 능주 신청 출신인 김홍순 씨를 찾아가 못다 한 피리 공부를 하기로 마음먹었다. 김 홍순은 새납과 젓대에 조예가 많아서 상언으로부터 칭찬이 자자 했던 인물이다. 그렇게 배우기를 며칠, 순천 권번 생활을 그만두 고 고향으로 돌아온 조카 도화가 당숙인 계남의 집을 찾았다.

　"삼춘, 요즘에 무슨 바쁜 일 있는가? 통 안 보여서…."

　"어이 조카, 나 홍순 씨한테 피리를 배우고 있네."

　"삼춘은 얼마나 배웠는디?"

　"요 며칠 안 되었네."

　"그럼, 나도 따라 배워 보까?"

70

"그러세. 허허….."

사실 계남은 이전부터 도화와 단짝처럼 지내며, 어떤 일이든 함께 했던 끈끈한 동지였다. 다음 날, 둘은 홍순 씨를 찾아가 피리 공부를 시작했다.

계남은 당시 굿판에서 피리를 부는 이가 없었으니 용이하게 써먹을 생각도 있었지만, 궁극적인 목적은 따로 있었다. 신청에서 행해진 음악을 누구 한 사람이라도 나서서 보전해야만 했기 때문이다. 이미 신청출신의 자제들은 부친으로부터 일부분의 기량을 타관으로 가져가 활용하고 인간문화재가 되어 국악 원로로 활동하였지만, 정작 능주라는 시골마을에 남아 음악활동을 하려는 이가 없었다.

이런 가운데 계남은 아버지 상언과 신청 사람들이 지냈던 신청에서의 소중한 추억들을 잊을 수가 없었다. 기생들 품에 자랐던 어린 시절, 신청 어른들과 생활하면서 일어났던 모든 일들…. 이처럼 계남은 신청에서의 생활과 음악을 한 몸에 보고 듣고 자란 인물로 거기서 행해졌던 삼현가락 역시 자신만큼 아는 이가 없는 상황에서 반드시 후대에 물려줘야 하는 절박함이 있었다.

계남은 도화와 함께 성실히 배움에 임했다. 그로부터 3개월 후, 도화는 배움터에 종종 나오지 않기 시작했다.

"삼춘, 나는 잘 안 되아. 이쪽이 아닌 갑서."

급기야 도화는 싫증을 느끼고 있었다. 사실 그는 북과 장구 가락에 취미가 많았다. 신청 어른들도 그의 재능을 알았는지, '조박'이란 별호를 붙여 부르기도 했다.

하지만 계남은 홍순 씨를 찾아가 부지런히 배움을 지속했다. 시간이 날 때면 새납 서를 만들기 위해 바닷물이 흘러들어 오는 갈대밭을 찾았고, 피리를 만들기 위해 신우대를 꺾어 와 밥솥에 넣고 쪄서 정성껏 만들어 사용했다.

또 추운 겨울이 되면 젓대를 만들기 위해 도화와 함께 대나무밭을 자주 찾아 나섰다. 펄펄 내리는 눈발에도 아랑곳하지 않고 납작하고 예쁘게 빠진 대나무를 골라 땅 주인에게 돈을 주며 베어 오기도 했다. 집에 가져온 대나무는 계남의 손에 의해 하나씩 젓대로 완성되었다.

그러던 어느 날 도화는 계남의 큰형인 기남이 만주에서 큰 식당을 운영한다는 소식을 듣고 만주로 떠났다. 그렇게 도화는 배움을 그만두었고 계남은 홍순 씨를 찾아다니며 배움을 계속했다.

능주에는 대장간이 몇 군데 있었는데 특히 김홍순 씨와 그의 사위가 운영하는 대장간은 1950년대 후반까지도 운영되었다. 그는 손재주가 남달라 여러 악기를 만들어 냈는데 그 중 새납을 잘 만들었다. 그래서 계남이 소유하고 있던 새납도 모두 홍순 씨 사위의 손에 의해 만들어진 것들이다.

그렇게 시간이 흐르고 1년이 채 안 되었을 때, 홍순 씨는 계남을 가르칠 수 없을 만큼 몸이 아파 병석에 눕게 되었다. 이때부터 계남은 피리·젓대를 손에서 놓아 본 날없이 날마다 홀로 독공해야만 했다.

▲ 조계남의 피리 관대와 서

계남과 정녀의 혼인

1938년 계남과 정녀는 혼인하였다. 정녀는 도암면 정천마을에서 태어나 열두 살이 되던 해 가슴에 병을 앓았던 친어머니를 여의었다. 정녀에게는 손 위로 친언니가 있었는데 얼굴이 곱고 키가 컸다. 그러나 1932년, 정녀 나이 아홉 살이 되던 해에 언니는 열두 살 나이로 병이 들어 세상을 떴다.

정녀에게는 아버지의 본실에서 나온 오빠가 셋이 더 있었는데 이들은 능주면 원지리 도림에서 살고 있었다. 정녀가 태어나자 큰어머니와 오빠들은 못난이를 낳았다며 '못난이' 진찬이[18]를 낳았다고 '진찬이'라 부르며 놀려댔다.

아버지는 총명했던 정녀를 옆에 끼고 글공부를 가르치기 시작했다. 그 덕분에 정녀는 일찍이 능주 보통학교 1학년에 들어갈 수 있었다.

계남의 부친과 정녀의 부친은 평소 친분이 깊었다. 정녀의 부친은 호적상 '박만실'로 자는 '치도'요 별호는 '꼿꼿이'였다. 이는 성품이 꼿꼿하다고 해서 붙여진 별호였다. 키가 크고 인물이 잘생긴 치도는 정천마을에 단골판을 크게 가지고 있었다. 치도의 부인은 큰 굿은 하지 못하고 손비빔 일만을 주로 하고 다녔고, 치

---

18) '괜히'라는 뜻으로 전라도 방언.

도는 굿은 아예 하지 않고 전문 소리꾼으로만 활동하여 당대 명성을 날린 인물이다.

정녀의 나이 15세가 될 무렵, 치도는 상언을 찾아왔다.
"조떼깔이! 나 왔네."
이렇게 상언과 치도는 능주에서 술자리를 마주했고 이 과정에서 자녀들의 혼사 얘기가 오고 갔다. 당시에는 일제의 정신대 공출이 성행했던 시절이어서 조혼을 서둘렀다. 정녀가 일본으로 공출될 것을 염려했던 치도는 상언에게 며느리로 삼을 것을 제안했다. 상언도 치도의 제안에 흔쾌히 화답하며 혼인날을 받았다.
정녀는 혼례가 무엇이고 시집살이가 무엇인지 짐작만 할 뿐 아무것도 아는 것이 없었다. 어느 집안, 얼굴도 모르는 남정네와 혼례를 치러야 한다고 생각하니 두렵기까지 했다.
음력 3월, 계남과 정녀는 예를 올리고 부부의 연을 맺었다. 혼례를 하고 나니 정천마을 어른들은 '정녀가 양반집으로 시집을 가 잘 살고 있다.'면서 부러움과 칭찬이 자자했다.
능주 5일장이 들어서는 날이었다. 집을 나선 정녀는 신발이 없어 버선 바람으로 물동우를 머리에 이고 장터를 지나게 되었다. 마침 정천마을 사람들이 장을 보러 나왔다가 그런 정녀의 모습을 보고 혀를 내둘렀다.
"시집을 잘 가 잘 사는 줄만 알았더니 쯧쯧…."
큰댁은 그런대로 살림살이가 괜찮았지만 막내인 계남의 형편은 그리 넉넉치 못했다. 부엌문은 오래된 판자로 덧대 붙어 있어

금방이라도 부서질 것만 같았고 문짝도 없는 한 칸짜리 작은방에서 시부모를 모시며 네 식구가 함께 생활해야만 했다.

정녀가 조씨 가문으로 들어와 시집 생활을 하는 사이, 아버지인 치도는 몸이 아파 돌볼 식구가 필요했다. 그래서 정천마을에서의 생활을 접고, 원지리(이뭇) 너머 도림에다 단골판을 사서 부인과 함께 큰아들 집으로 살림을 옮겼다.

그 이후로 오빠들은 정녀를 더 이상 찾아오지 않았다.

무업을 하는 조씨 집안으로 시집을 갔다는 이유에서였다.

2년째 시집 생활을 하던 어느 날, 정녀는 너무 지치고 힘이 들어 도림에 있는 친정집을 찾아갔다. 아버지는 몸이 좋지 않았는지 병석에 누워 계셨다.

"정녀야! 정 그러하면 군산에 가서 가게 하나 얻어 같이 살끄나?" 치도는 정녀에게 위로 섞인 말을 건넸다. 하지만 정녀와 같이 살기가 달갑지 않았던 큰어머니는 임신한 정녀의 몸이 이상하다는 것을 알아차렸다. 결국, 치도는 정녀를 불러 놓고 타일렀다.

"정녀야, 웬만하면 돌아가 조서방하고 같이 살도록 해라."

어쩔 수 없이 시댁으로 돌아온 정녀는 이듬해 첫째 아들석이를 낳았다.

1942년 겨울, 날이 갈수록 치도의 병세는 악화되었다. 이양 '금릉'에 살고 있던 둘째 아들 의석은 이를 걱정한 나머지 아버지가 숨을 거둘 때까지 모시며 수발을 다했다.

어느 날 밤, 정녀는 꿈을 꾸었다. 아버지인 치도가 정녀에게 '잘 살아라.'라는 말을 남기며 비행기를 타고 떠나는 꿈이었다. 놀라 꿈에서 깬 정녀는 눈가에 눈물이 가득 맺혀 있었다. 꿈이 너무나 생생하였지만 그때까지만 해도 정녀는 대수롭지 않게 생각했다.

아침나절 정녀는 앞마당을 쓸고 있었다. 그때 도림에서 사람이 찾아왔다. 아버지 치도가 임종했다는 기별이었다. 정녀는 가슴이 무너져 내린 듯 그 자리에 주저앉았다.

오후가 되어서야 큰아들을 등에 업고 도림에 살고 있는 큰오빠 집으로 향했다. 큰오빠는 정녀를 반갑게 맞이했고, 형제들은 안방에 모두 모여 있었다. 친정 식구들은 마포치마를 한 벌씩 골라서 입고 있었는데 정작 정녀의 마포치마는 없었다. 알고 보니 올케(오빠의 부인)는 정녀가 마포베 값을 가져 오지 않았다는 이유로 마포치마를 만들어 놓지 않았던 것이다.

"정녀 옷은 왜 안 해 놨냐?"

이 사실을 알게 된 큰오빠는 노발대발 소리치며 작대기를 들고 부인을 이리저리 쫓아다녔다. 분했던 정녀는 그 길로 곧장 시댁으로 돌아왔다.

건을 쓴 채 뒤따라 온 둘째 오빠 의석이 정녀를 데려 가려고 시댁까지 쫓아왔다. 정녀는 할 수 없이 다시 도림으로 들어가 아버지의 상을 다 치른 후, 입었던 마포치마를 벗어 방 한쪽에 정갈히 개어 놓고 조용히 친정을 빠져나왔다.

그 이후로 친정 식구들은 무속인 집안이라며 정녀를 찾아오지

않았고 정녀도 더 이상 친정을 찾지 않았다. 훗날, 계남은 "커 가
는 총생들이 외가가 없으면 안 된다."라며 군산에 살고 있던 정
녀의 친정 식구들을 찾게 된다. 그로 인해 장인인 '치도'가 영암
운주골에 묻힌 사실도 알게 되었다.

"거기 가믄 니 외할아버지 산소 앞에 비가 있을 것인디…."

90세를 넘긴 정녀가 병석에 누운 채 막내아들 산이를 불러 놓
고 임종 시 한 말이다.

▲ 조상언의 친필인 혼서지

정홍과 호랑이

1940년 2월 11일, 일제는 창씨개명을 선포했다. 일본의 창씨개명을 요구하는 지속적인 압력으로 인해 상언은 능주면 석고리로 거처를 옮겨 살다가 같은 동네로 또 한 번의 거처를 옮겼다. 일제의 압력이 갈수록 심해지자, 상언은 모든 일상을 접고 부인 정홍과 함께 경능 할아버지가 생전에 기거했던 '한천면 가옥재' 마을로 거처를 옮겼다. 마을은 누구라도 쉽게 찾을 수 없을 정도로 한적하고 조용한 곳이었다. 그들은 작은 밭을 일구며 일상을 보냈다.

어느 날 저녁, 정홍은 옆 마을로 손비비러[19] 출행을 하였다. 그날따라 달은 뜨지 않아 사방이 칠흑같이 어둡고 컴컴했다. 정홍은 여느 때처럼 챙겨 놓은 봇짐을 머리에 이고 집을 나섰다. 마을을 빠져나온 후 얼마나 걸었을까. 인적이 드문 좁은 길에 덩치 큰 호랑이가 '어흥~' 소리를 내며 정홍의 길을 막고 서 있었다. 어떤 일에도 두려움 없이 당차기만 했던 정홍은 예기치 못한 상황에 당황하며 그 자리에서 꼼짝을 못 하고 서 있었다. 그런데 호랑이도 그 자리에서 꿈쩍도 하지 않고 서 있는 것이었다.

'이리 가도 죽고, 저리 가도 죽기는 매일반이다. 에라이!, 죽일

---

19) 두손으로 합장하고 치성을 드린다는 의미로 '비손'이라고 한다.

테면 죽여라.'

무서웠지만 애써 용기를 내 천천히 앞으로 걸어갔다. 꿈쩍도 하지 않는 덩치 큰 호랑이의 형체가 그녀의 눈에 확연히 들어왔다. 이윽고 호랑이 코앞에 다다르자 그녀는 호랑이의 두 눈과 정면으로 마주쳤다. 호랑이 눈빛은 불처럼 이글거리고 하얀 수염은 바람에 나풀거리고 있었다. 순간 온몸이 떨리고 머리끝까지 신경이 쭈뼛하게 올라왔다. 애써 안정을 찾은 정홍은 호랑이 앞에 두 손을 합장하며 말했다.

"왜 산중에서 마을까지 내려오셨습니까."

물끄러미 정홍을 바라보던 호랑이는 슬그머니 그녀에게 길을 열어 주었다.

'아이고 하나님…!'

정홍은 숨을 죽인 채 앞만 보고 천천히 걸어 나갔다. 몇 걸음을 걸은 후 호랑이를 따돌렸다는 안도감이 들었지만, 아뿔싸 호랑이는 어느새 그녀의 바로 앞에 버티고 서 있었다. 호랑이는 그녀를 한번 쳐다보더니 따라오라는 듯 앞서 걸어갔다. 정홍도 무엇에 홀린 듯 천천히 그 뒤를 따라 걸었다. 어서 마을이 나타나기만을 바랄 뿐, 머릿속에는 온통 백지장처럼 아무런 생각이 나질 않았다. 그렇게 걷다가 문득 '길이 환하다.'라는 느낌이 들었던 그녀는 호랑이가 두 눈에 불을 밝히고 있다는 사실을 알아차렸다. 호랑이는 두 눈으로 정홍의 앞을 밝히고 있었던 것이다. 한 걸음, 한 걸음, 걸을 때마다 두려움이 점차 가시기 시작했다.

마침내 멀리 마을의 불빛이 그녀의 눈에 들어왔다. 마을 입구

에 서 있는 당산나무를 지나려고 하는데 앞서가던 호랑이는 온데
간데없이 사라졌다. 당가집으로 들어간 정홍은 주인의 안내로 안
방으로 들어가 물 한 잔을 들이켜며 방금 겪었던 이야기를 털어
놓았다. 일을 마치고 봇짐을 머리에 이자 집주인은 걱정하며 말
했다.

"호랭이가 또 나타나믄 어쩐다요. 날이 밝을 때 가시오."

"인자, 가 불었는디 또 나타나것는가?"

정홍은 한사코 만류하는 주인댁을 안심시켜 놓고도 내심 걱정
이 들었다. 다시 당가집을 나와 집으로 향했다.

칠흑같이 어두운 밤, 마을 입구 당산나무 가까이에 다다르자
앞에 어떤 물체가 있음을 알아차렸다. 호랑이가 당산나무 앞에서
자신을 기다리고 있었던 것이다.

정홍은 머리에 이고 있던 봇짐을 풀고 호랑이에게 먹을 것을
꺼내 내밀었다. 호랑이는 음식을 덥석 입에 물고 몇 번 오물오물
하더니 게 눈 감추듯 삼켰다. 단숨에 음식을 먹어 치운 호랑이를
보고 안심한 정홍은 봇짐을 다시 싸 들고 아랑곳하지 않고 걸었
다. 호랑이는 여전히 그녀의 앞을 두 눈으로 훤하게 밝혀 주며 앞
서가고 있었다.

'도대체 나와 무슨 연유가 있어 내 앞을 밝혀 주는 것인가.'

그녀는 묘한 기분과 의문이 들었다.

집 앞에 다다르자, 호랑이는 뒤돌아서 한번 쳐다보더니 쏜살
같이 사라졌다. 집에 돌아온 그녀는 상언에게 '죽다 살아 돌아왔
다.'며 오늘 자신이 겪었던 이야기를 전했다.

다음 날 저녁, 손 비비러 또 다른 마을로 길을 나설 채비를 한 정홍은 '설마 오늘도 호랭이가 나올랑가?' 하는 호기심이 들었다. 무심코 대문 밖을 나서는데 이럴 수가!

또다시 호랑이가 대문 밖에서 지키고 있는 것이 아닌가. 호랑이와 마주한 정홍은 놀라우면서도 한편으로 두려움보다 친근하기까지 느껴졌다. 그녀는 천천히 다가가 호랑이의 털을 어루만졌다. 꿈쩍도 하지 않던 호랑이는 슬며시 뒤돌더니 앞장서 갔다. 이렇게 정홍이 일을 나갈 때면 대문 앞에서 기다렸다가 그녀의 앞을 밝혀 주고, 일이 끝나고 나면 어느새 알아차리고 시간에 맞춰 그녀를 기다렸다. 그러던 호랑이는 한 달 보름이 지난 후 더 이상 나타나지 않았다. 그 후 정홍은 길을 나설 때면 항상 호랑이가 나타났던 산 쪽을 향해 예를 표하곤 했다. 자신의 앞길을 밝혀주던 호랑이에 대한 고마움의 표시였다.

정흥의 사후체험

1941년 정녀의 나이 18세가 되자, 7월 29일 큰아들이 태어났다. 시아버지인 상언은 손자의 이름을 붓으로 써 지어 놓고 그해 8월 21일 세상을 떴다. 그는 임종 시 가족들에게 자신을 '유바탕'에 묻어 줄 것을 유언으로 남겼다. 유바탕은 신청에 소속된 소리꾼들이 신청활동을 방해하는 일본의 눈을 피해 상언이 비밀리 마련한 터로 신청에서 못다 한 소리공부를 심화하기 위한 학습장소로 활용된 곳이다. 그렇게 막내아들 계남은 아버지의 유언에 따라 상언을 이곳에 모셨다.

1941년 어느 가을날 아침, 계남과 정녀가 밖에서 농사일을 하고 집에 돌아와 밥을 짓고 있었다. 안방으로 들어간 계남은 미동이 없는 어머니를 보고 부인인 정녀를 다급히 불렀다. 정녀는 하던 일을 멈추고 방으로 들어가 시어머니를 살펴보니 정흥은 죽은 듯 눈을 감은 채 숨을 내쉬지 않는 것이었다. 놀란 부부는 급히 의원을 불러 맥을 짚게 했고 의원은 굳은 표정으로 입을 열었다.

"임종하셨습니다."

"다시 한번… 한 번만 더… 잘 살펴보시오."

애가 타는 가족들의 간청에 의원은 다시 맥을 짚었다. 잠시 후

의원은 고개를 저으며 임종하셨으니 준비하라는 말을 남기고 자리에서 일어났다. 갑작스럽게 일어난 일에 가족들은 슬픔을 감추지 못했다. 그렇게 정홍은 죽음의 길로 들어섰다.

초상을 치르던 날, 가족들은 헌집[20]을 지어 놓고 정홍을 눕힐 지푸라기를 깔았다. 먼저 대발을 삼으로 엮고 신체는 두발 삼으로 엮어 대발 위에 모셔 놓았다, 그리고 살아생전 덮었던 홑이불 무명베를 뜯어 몸 위에 덮은 후, 옆에다 구나무곽을 놓고 병풍을 둘러쳐 삼일 출상을 치르기 시작했다.

초상 이튿날 저녁, 내일 출상 준비를 위해 신체를 곽 안으로 모셔 놓고 씻김굿이 진행되었다. 굿은 새벽녘까지 계속되었다. 고인들도 지쳤는지 모두들 눈을 감고 잠시 쉬고 있던 차에 한 상여꾼이 병풍 주변을 걷다가 문득 '탁, 탁' 소리가 나 자세히 들여다보니 곽 안에서 나는 소리였다. "악!" 하고 놀란 상여꾼 소리에 사람들이 모여들었다. 재빨리 병풍을 들어내 놓고 보니 곽이 들썩이고 있었다. 놀란 사람들이 다급히 곽문을 열자, 정홍이 일어나며 말했다.

"아이고 한숨 잘 잤다."

죽은 사람이 살아 돌아왔다며 사람들은 까무러치고 난리가 났다. 계남은 대발을 들어내고 헌집을 밀어냈다. 며느리 정녀는 시어머니 정홍을 안방으로 모셨다. 정홍은 계남과 정녀에게 '죽은 후 다시 살아 돌아왔다.'며 저승에 다녀온 이야기를 들려주기 시작했다.

---

20) 죽은 신체를 모시기 위해 초집으로 지은 집.

84

"안 믿을랑가 모르겄다마는 저승은 진짜 있드라. 잠을 참 달게 잤다. 아니! 느그들이 몹시 운디 말을 못 하겄드라. 우는 소리가 난디, 입이 터져야 말을 하재. 못해. 눈을 감고 꿈을 꾼 것인지. 간께, 길옆에 모다 콩도 익었드라. 어쩐 것인지 꼭 여기 같드라. 또, 수수도 고개를 숙였드라. 기장 쌀도 서숙²¹⁾도 고개 숙여 익었드라. 또 들어간께, 길가에 코스모스가 너울너울 피었드라."

정홍은 너무 생생하다며 죽어서 저승길 갔던 이야기를 계속했다.

"좀 더 걸어간께 길옆으로 해당화도 보이고, 봉숭아, 채송화도 피어 있고. 거리에는 자갈이 깔려 있드라. 인자, 갓신을 신고 그렇게 짜갈짜갈 걸어가는디, 뒤를 돌아본께 다 없어지드라."

그렇게 한참을 걸어간 정홍은 마침내 강가에 도착했다. 바다처럼 드넓은 강가에는 배가 한 척만 덩그러니 놓여 있을 뿐 주변에는 아무 인적이 없었다. 그녀를 태운 사공은 말없이 노를 저었다. 얼마 안 가서 땅이 보였고, 배에서 내리고 보니 검은 옷을 입은 두 사내가 마중을 나온 듯 깃대를 들고 서 있었다.

정홍은 앞장서는 그들을 따라갔다. 도착한 곳은 대궐 같은 큰 집이었는데 사내들이 열쇠로 대문을 열고 들어갔고 정홍도 그들의 뒤를 따라 들어갔다. 문들은 거리거리마다 양옆으로 놓여 있었고 열쇠통으로 굳게 잠겨 있는 문과 드문드문 열려 있는 문이 있었다. 각각의 문들 옆에는 사자 같은 모습으로 검은 옷을 입은 문지기들이 문을 지키고 서 있었다. 열려 있는 문틈 사이로 고함

---

21) 조의 전라도 방언.

소리와 비명소리가 뒤섞여 새어 나왔고, 이는 마치 죄인을 닦달하는 소리 같았다.

좀 더 들어가자 깃대를 든 사내들은 온데간데없이 사라졌다. 길옆으로 칸칸마다 늘어 서 있는 문틈 안으로 넌지시 들여다보니 좌우로 검은 옷을 입은 문지기들이 지키고 있었다. 그 안을 더 들여다보니 어떤 죄인은 불로 고문을 당하며 비명을 지르고 있었다. 놀란 정홍은 그곳을 황급히 빠져나와 옆에 있는 문을 들여다보았다. 이번에는 누군가를 묶어 놓고 물을 끼얹으며 또 다른 고문을 하고 있었다.

"꼭 죄인을 닦달하듯이 물을 찌클고 불로 꼬실르고… 죄는 저지르는 것이 아니드라."

또 고문하는 소리에 셋째 문을 들여다보니 웬 갓을 쓴, 하얀 수염이 덥수룩한 할아버지 한 분이 나와 정홍에게 다짜고짜 호통을 치는 것이었다.

"여기가 어디라고 함부로 들어오느냐." 여기는 니가 들어올 데가 못 된디, 왜 니가 들어오냐!"

벼락같은 호통 소리에 정홍은 어리둥절한 모습으로 할아버지를 빤히 바라보았다.

"얼른 안 나갈라냐? 시간 없다! 얼른 나가라!"

재차 자신을 쳐 내는 할아버지로 인해 놀란 정홍은 정신없이 그 길로 뛰쳐나왔다. 얼마나 지났을까. 뒤돌아보니 사람도 없어지고 길도 없어지고 모든 것들이 다 사라져만 갔다. 앞만 보고 뛰다시피 걷다가 마침내 배에서 내렸던 강가에 도착했다. 하지만 정작 타고 건널 배는 보이지 않았고 아까 보이지 않았던 나무다리가 놓여 있었다. 물끄러니 다리를 보고 있던 차에 또다시 알 수 없는 누군가의 낮익은 목소리가 들려왔다.

"뭘 꾸물거리느냐, 빨리 건너가라."

정홍은 다리를 건너기 위해 무심코 한 발을 내디뎠다. 순간 '우지끈' 나무다리 밑판이 부서져 몸이 쑥 내려앉아 풍덩, 물속에 빠지고 말았다.

"그 순간 내가 정신이 돌아왔재."

정홍의 말을 들은 계남은 눈물을 글썽이며 말했다.

"어머니가 숨을 쉬지 않아서 의원을 불러 확인했소."

"아들아, 우리 같은 사람은 똥구녁으로 숨을 쉬는 거란다. 나는 아무래도… 그 호통 친 할아버지가 우리 시아버지 같으다. 그리고… 느그들 울음소리가 들린디, 말을 할 수가 있어야재. 우지마라고 말을 해야 쓴디, 말을 할 수가 없드라."

정홍은 그 이후로 평소처럼 활동하며 지냈다. 하지만 사후체험을 한 후유증이었는지 2년째 되던 해, 풍으로 온몸이 마비되어 자리에서 일어나지 못했다. 이로써 며느리인 정녀는 1954년 3월 10일 정홍이 임종할 때까지 11년간 대소변을 받아 내며 수발해야만 했다.

이때부터 정녀는 굿을 나가더라도 풍으로 누워 계신 시어머니의 끼니를 챙겨드리기 위해 일이 끝나자마자 곧장 집으로 돌아와야만 했다. 정녀가 가지고 있던 사설은 어느 누구보다 풍성하고 형식이 완벽했지만 이런 이유로 노랫가락이 점차 빨라지게 되어 소리가 구성지다는 평은 받지 못했다.

▲ 정홍이 살아생전 사용하던 신칼

베²²⁾장사 길

1942년 겨울이 가고 봄이 돌아왔다. 효심이 깊었던 계남은 능주 한천면 가옥재에 살고 있던 부모님을 다시 능주로 모시고 나왔다.

이때 일제는 마을 사람들이 몰려다니는 것을 통제하고 있었고 굿하는 행위도 예외는 아니었다. 이러한 통제에도 불구하고 찾아오는 사람을 마다하거나 굿을 하루아침에 안 할 수도 없는 노릇이었다.

어느 날 능주에서 굿판이 벌어지고 있는 가운데 누군가 경찰서에 신고를 했는지 순사가 찾아왔다. 계남과 정녀는 할 수 없이 경찰서에 불려가 벌금을 물고 나서야 집에 돌아올 수 있었다. 정홍은 계남 내외의 얘기를 듣고 화가 치밀어 올랐다.

"내가 몸만 성했어도 저 놈들을 가만 안 뒀을 텐디…."

정홍은 풀이 죽어 있던 아들 내외를 위로했다.

"니들이 어려운 세상에 사는구나…."

일제의 굿 단속이 날이 갈수록 심해지자, 벌이가 없어진 계남은 경제적 어려움에 처하게 되었다. 누워 계신 홀어머니와 큰아들 네 식구가 살아갈 일이 갈수록 막막했다.

---

22) 씻김굿 중 곳베나 길베로 사용하던 무명천.

이때 경기도 부평에 머물러 있던 기남은 계남에게 인천에 올라와서 장사할 것을 권유했다.

당시 굿을 하고나면 망자의 옷가지와 신발 등만을 태웠을 뿐, 베를 가르지도 않고 태우지 않았다. 가르지 않는 이유는 망자가 극락세계에 가서 시왕전에 베를 바쳐야만 왕생극락을 한다고 믿었기 때문이고, 베를 태우지 않는 이유는 당시 베가 귀한 시절이고 베를 팔면 돈이 되기 때문이었다. 이러한 이유로 어차피 당가집에서는 사용할 수 없는 물건이었다.

계남 부부는 쓰임새가 많았던 그 베를 가지고 와 차곡차곡 모아 두었던 것이다. 하지만 일제는 베 파는 것을 불법으로 금지시켰기 때문에 드러내 놓고 함부로 팔 수가 없어 몸에다 숨겨 가며 몰래 팔아야 했다. 선택의 여지가 없었던 계남 부부는 열차를 타고 능주에서 인천까지 왕복하며 베 장사를 시작했다.

어느 날 여느 때와 같이 그들은 새벽녘이 되어서야 용산역에 도착했다. 정녀는 인천으로 가기 위해 기차를 갈아타야 했는데, 이때 봇짐을 머리에 인 채 큰아들을 등에 업고 내리다가 그만 균형을 잃고 앞으로 넘어졌다. 순간 정녀의 몸에 숨겨 놓았던 하얀 무명베가 흘러나와 바닥에 너저분하게 떨어졌다.

순사나 역무원에게 발각되기라도 하는 날에는 여지없이 붙잡혀 끌려갈 게 뻔한 일이었다. 다행히 많은 사람들 틈에 넘어져 들키는 것을 피할 수 있었고, 얼른 주섬주섬 몸 안에 때려 넣고 빠르게 역을 빠져나와 인천으로 향했다.

그렇게 계남과 정녀는 얼마 동안 왕래를 하다 부천에 쪽방을 얻어놓고 장사를 시작했다. 그곳에는 도남도 올라와 막노동을 하고 있던 터였다.

　갈수록 돈 버는 재미가 쏠쏠했지만, 홀로 두고 온 어머니가 마음에 걸렸다. 인천까지 모셔 올 수도 없는 노릇이었기에 이러지도 저러지도 못하고 결국 6개월 만에 다시 고향집으로 내려오고 말았다.

▲ 정홍의 소장품인 정중

굿하러 가는 길

1943년 여름 어느 날, 계남은 굿을 나가기 위해 아침 일찍부터 서둘렀다. 낮에는 준채네가 불러준 일로 화순읍 내에서 일을 마치고, 바로 도암 등광리로 들어가 굿을 해야만 했기 때문이다. 화순에서 굿이 끝나자 하늘에 먹구름이 일더니 날은 금세 어둑어둑해졌다. 저녁을 먹고 가라는 주인의 말에도 계남은 시간을 지체할 수 없어 곧장 도암으로 향했다.

서둘러 바랑을 매고 바쁜 걸음을 재촉했다. 당가집[23]을 나설 때는 빗방울이 떨어지는가 싶더니 어느새 빗줄기는 굵어지고 땅은 철퍽거렸다. 길이 미끄러운 탓에 계남의 발걸음도 더디어져만 갔다. 계남은 화순읍을 빠져나와 죽정리(구 대포리) 앞을 지나가고 있었다. 얄밉게 보인 번개가 칠흑 같은 깜깜한 밤을 번쩍거리며 환하게 비추기를 반복했다. 곧 이어지는 우레와 같은 천둥소리는 세상이 다 꺼질 것만 같았다. 어느새 장대비는 짝짝거리며 온 천지를 퍼부어 댔다. 어두워서 앞은 잘 보이지 않아 시야가 흐렸지만, 계남은 비를 맞으며 이리 비틀 저리 비틀거리며 모가 심어진 미끄러운 논두렁길을 지나고 있었다.

"으아악!" 한참을 걷던 계남은 그만 미끄러져 수렁에 빠지고 말

---

23) 굿을 의뢰한 집이나 굿하는 장소.

았다. 그는 안간힘을 다해 빠져나와 이리 엎어지고 저리 엎어지다가 빗속을 간신히 걸으며 도암으로 들어갔다. 드디어 정천마을 입구에 다다르자 닭의 청명한 울음소리가 들려 왔다.

"이맘때면 굿이 한창 진행되고 있을 시각인디 너무 지체했구나." 계남은 더 바삐 걸음을 재촉했다. 하지만 얼마 못 가서 배에 허기가 찾아왔다. 더군다나 며칠간 제대로 잠을 못 잔 탓에 몸은 기진맥진하여 지칠 대로 지쳐 있었다. 결국 계남은 몸을 가누지 못하고 그만 쓰러지고 말았다.

'여기서 죽는구나….'

퍼부어 대는 장대비가 계남의 뺨을 여지없이 때렸다. 일어날 힘조차 없었던 계남은 그 자리에서 정신을 잃고 말았다. 잠시 후 강한 빗줄기에 간신히 눈을 뜬 계남은 필사적으로 지친 몸을 이끌고 마을 입구에 도착했다. 모두가 잠들어 있는 마을에는 불빛 하나 보이질 않았다. 계남은 대문 없는 집을 발견하고 들어가 마당을 지나 마루에 풀썩 쓰러졌다. 이윽고 방문이 열리더니 방 안에서 한 노인이 나와 다급한 목소리로 자신의 손녀딸을 불러냈다.

"옥자야. 옥자야!" 계남은 무의식중에도 '옥자'란 이름을 역력히 들을 수 있었다. 그렇게 노인은 어린 손녀딸과 함께 계남을 마루에 눕혔다. 노인은 옥자가 가져온 물을 수저로 계남의 입에다 한 모금 두 모금 떠 넣었다. 이윽고 계남은 정신이 돌아왔다.

"밥 한 술만 주시오."

계남의 힘없는 목소리에 옥자는 부엌으로 달려가 작은 소반을 들고 왔다. 작은 소반 안에는 생된장과 작은 종지에 든 장 그리고 보리밥이 전부였다. 계남은 물에 생된장을 풀고 밥을 말아 오물오물 두어 번 떠넘겼다.

　마침내 정신을 차린 계남의 눈에 노인과 손녀딸의 모습이 들어왔다. 병으로 지쳐 보이는 하얀 수염에 백발이 무성한 노인과 열 살도 채 안 된 여자아이가 걱정스러운 표정을 지으며 괜찮은지를 물어 왔다. 계남은 몸을 일으켜 고맙다는 인사를 건넸다. 방 안을 둘러보니 자신이 살던 집 못지않게 초라하기 그지없었다. 계남은 노인에게 시간을 물었다. 새벽 4시가 넘었다는 노인의 말에 계남은 서둘러 일어났다.

　"아니, 그런 몸으로 또 어딜 가려 하시오."

　"기다리는 사람이 있습니다. 정말 고맙습니다."

　계남은 자신의 젖은 옷을 주섬주섬 손으로 뒤지더니 젖어 헤진 소지종이[24]로 감싼 돈을 꺼내 노인에게 건넸다.

　"무슨 돈을 이리 많이 주시오?"

　"몸도 성치 않으신 듯한데 약이라도 지어 드십시오."

　건넨 돈은 그날 화순에서 굿비로 벌은 전부였다.

　계남이 서둘러 집을 나오자 비는 서서히 그치고 있었다. 동네를 빠져나가고 있는데 노인의 손녀딸이 손에 무언가를 들고 달려왔다.

　"가시다 시장하실 때 드시오."

　아이가 건넨 것은 조그마한 주먹밥이었다. 주먹밥을 받아 든

───────────

24) 종이를 불에 태워 허공으로 올리는 무속행위이다.

계남은 바랑을 주섬주섬 뒤지다가 피리를 꺼내 옥자에게 건네주었다.

"이 피리는 마음이 적적할 때 한 번씩 불면 마음이 차분해 진단다." 계남은 아이를 뒤로하고 마을을 나섰다. 이윽고 등괄리가 가까워지자 비는 온데간데없이 뚝 그쳤다. 걸음을 재촉하여 마을에 들어설 때 아득히 징, 장구 소리가 들려왔다. '저 집이로구나.' 계남은 서둘러 당가집으로 들어갔다. 굿은 거의 끝나가고 마지막 '길닦음'만을 남겨 놓고 있었다. 형인 도남이 장구를 치면서 걱정스러운 표정을 지었다. 얘기할 겨를도 없이 계남은 자리를 잡고 앉아 피리를 꺼내 불기 시작했다. 왼손으로 징을 치고 오른손으로 피리를 불고, 피리 가락 소리에 서서히 날이 밝아 오고 있었다.

그렇게 몇 해가 흘렀을까, 어느 날 도암으로 굿을 하러 들어가다가 우연히 그 마을을 지나게 되었다. 계남은 반가운 마음에 노인의 집으로 들어갔지만 집은 이미 비어 있는 상태였다. 노인은 세상을 뜨고 손녀는 멀리 양녀로 보내졌다는 사실을 동네 사람을 통해 들을 수 있었다. 이를 계기로 훗날 계남은 둘째 딸이 태어나자, '옥자'라는 이름을 지어 불렀다.

비손[25]

1944년 계남의 큰아들 입에 감창[26]먹어 잇몸이 헐고 주저앉는 병이 생겼다. 집안에서는 아들이 죽게 생겼다며 걱정을 하고 있던 중 도남의 첫째 부인은 조카를 살리기 위해 냇가로 가서 미나리와 거머리를 섞어 찧어 그것을 조카의 잇몸에 문질러 주었다. 얼마 지나지 않아 이번에는 코가 주저앉아 버렸다. 정홍은 '큰아들의 얼굴을 어찌 이 지경으로 만들어 놓을 수 있냐'며 야단이었다. 다행히 얼마 지나지 않아 아들의 코는 원래대로 살아났다.

그해 초겨울 풍으로 누워만 있던 정홍은 며느리인 정녀를 불러 앉혀 놓고 한탄했다.
"내 말을 누구한테 다 전장 할끄나."
정홍은 자신의 처지를 자탄하며 정녀에게 일을 권유하기 시작했다. "당장 안 써먹어도 좋으니, 손 비비는 말만이라도 배워 놔라."
어느 날 정녀는 집안에 먹을 것이 떨어지고 형편이 어려워지자, 시어머니에게 사정 얘기를 했다. 그러자 시어머니 정홍은 '내 동마을에서 사람이 왔다 갔다.'며 말을 이었다.

---

25) 두 손을 모으고 치성을 드림, 전라도에서는 '손비빔'이라고 표현한다.
26) 부스럼이 생기고 허는 병.

"어린 너한테 이런 말을 꺼내기가 조심스럽다만 집안에 동토[27]가 낫는 갑드라."

정홍은 그 집의 아이가 아프다며 내동마을에 가서 잠깐 손 빌어 주고 오라는 것이었다. 정녀는 망설이다 대답했다.

"제가 뭘 할 줄 안다고 간다요."

"가서 앉아 있다만 와도 좋아야."

다녀오라는 정홍의 말에 정녀는 할 수 없이 시어머니가 사용하던 징과 비는 말이 적힌 사설집과 경문집을 보자기에 싸 들고 내동마을로 향했다. 내동마을은 능주면 소재지 뒷마을로 집에서 4리 되는 거리였다.

정녀는 예전에 계남을 따라가 본 적이 있었던지라 마을을 찾아가기란 그리 어렵지 않았다. 능주 구름다리 밑 샛골내라는 실개천을 따라 올라가자 능주를 벗어나는 곳의 왼편에 큰 서낭나무 두 그루가 서 있었다. 바로 옆으로 두 장성이 눈을 부라리며 정녀를 내려다보고 있었다. 순간 무서움에 움찔했던 정녀는 서낭을 향해 두 손을 모으고 마음속으로 빌었다.

'일 보러 가는 집에 가서 망신당하지 않게만 도와주십시오….'

빌고 돌아서니 오른편에 능주향교의 모습이 나타났다. 원앙재의 굽은 길을 돌아 산중 마을로 들어가니 인적이 드물어서인지 온갖 새소리만 들릴 뿐 아주 고요했다. 멀찌감치 마을이 눈에 들어왔다.

---

27) 자연물을 함부로 옮기거나 훼손함으로서 신의 발동을 일으킨다는 뜻. 사람이 아프거나 심하면 죽게 됨.

마을이 점점 가까워지자 발걸음도 더욱 무거웠다. 마을은 몇 가구밖에 안 되는 조용하고 아늑한 곳이었다. 어느새 해는 서쪽 산마루에 걸쳐 있고 집집마다 굴뚝에서 밥 짓는 연기가 피어오르고 있었다.

마을에 들어서니 컹컹 개 짖는 소리가 들려왔다. 급기야 와자지껄 사람들의 분주하게 움직이는 모습과 소리가 들려 왔다.

'아. 이 집이로구나.'

대문 앞에 도착한 정녀는 일을 어떻게 해야 할지, 내심 걱정이 들어 다시 마음이 움츠러들고 불안했다. 한 번도 경험해 보지 못한 일을 하러 왔으니 당연했다. '잘할 수 있을까?'라는 걱정을 한 후 집 마당으로 들어서니, 마당과 마루, 방에 각각 상을 차려 놓고 촛불을 밝히고 있었다. 집주인인 듯싶은 사람이 나오더니 정녀를 반갑게 맞아 안방으로 안내했다. 안방에도 각각 상이 차려져 있었다.

"저녁은 먹었소?"

주인댁의 따뜻한 말도 정녀의 귀에 들어오지 않았다. 어둑어둑 땅거미가 지는 밤, 정녀는 불안한 마음을 애써 짓누르고 가져온 보자기를 풀었다.

'앉아 있다만 와도 좋아야.'

하는 시어머니의 말씀이 떠올랐다. 차려진 상 앞에 앉아 경문 책을 살펴보니 국문깨나 안다고 자신했던 그녀였지만 글이 눈에 잘 들어오질 않았다. 애써 용기를 내어 징을 치기 시작했다. 금세 머리와 등에 진땀이 나기 시작했다.

'그래, 어머니가 일러주신 몇 마디만 하고 가자…!'

그렇게 정녀는 스스로에게 최면을 걸며 징을 치기 시작했다. 얼마 지나지 않아 주인댁이 다가오더니 정녀의 등을 손바닥으로 '토닥토닥' 두드리고 지나갔다. 놀란 정녀는 '그만하라는가 보다.'라고 생각한 나머지 얼른 징을 방바닥에 내려놓았다. 그리고 사물[28]을 할 상에 있는 음식을 거둬 대문 밖으로 나와 내려놓더니 그대로 짐보따리를 싸 들고 도망치듯 집을 빠져나왔다. 어두운 길을 가르며 집에 돌아온 정녀는 아무 말 없이 방 안으로 들어가 황급히 이불을 뒤집어쓰고 숨어 들어갔다. 갑자기 몸에서 열이 나고 땀을 흘리더니 급기야 몸살기가 찾아 왔다. 그렇게 잔뜩 몸살을 앓고 있던 정녀에게 정홍은 위로를 했다.

"다녀오느라 고생 많았다. 처음은 다 어려운 것이다."

잠시 후, 대문 밖에서 "떼갈네!" 하는 목소리가 들려왔다. 정녀가 방문을 열고 보니 아까 본 내동마을 주인댁 아주머니가 떡과 쌀을 싼 보따리를 머리에 이고 들어왔다.

"어쩐 일이오?"

정홍이 물었다.

"며느리가 이상 비는 말을 잘해서 등을 토닥거렸더니 아 글쎄, 보따리만 싸 들고 불러도 나가 버리더라고요."

그때야 정녀는 마음을 가라앉히며 "뭣도 모른디 그만하라고 등을 두드리는 줄 알고 놀라서 그 길로 나왔소."라고 했다. 아주머니는 그 길로 돌아갔고 밖에서 일을 보고 집으로 돌아온 계남이

---

28) 객구들을 풀어 먹이는 음식.

마침 대문 안으로 들어서고 있었다.

안방에서는 정홍이 울먹이는 정녀를 다독이며 위로하고 있었다. 방에서 들려오는 울음소리에 계남은 마당에서 한참을 서성였다. 그리고 아래채 마루에 앉아 담배를 꺼내 물었다. 그 이후로도 정녀는 누군가 집에 찾아올 때면 비손 일이 생긴 줄 알고 놀라서 가슴이 뛰고 불안했다.

정녀에게 두 번째 손 비비는 일이 생겼다. 오리정이라는 마을의 어느 당가집에서 아기가 들어섰는데도 순산을 못 해 일을 다녀와야 했다. 당시 집안 형편은 시어머니가 드러누워 계셨기 때문에 먹고살 길이 없는 어려운 처지였다.

다급했던 정녀는 할 수 없이 비손할 집을 찾아갔다. 시어머니가 일러준 대로 옆에 물을 떠 놓고는 빌고 또 빌었다.

"순산하게 해 주쇼. 순산하게 해 주쇼….”

시간이 흐른 뒤, 사내아이가 태어났고 다행히 산모도 건강했다.

세 번째 비손은 '이사손'이었다. 빌어 줄 집을 찾아 들어가니 많은 사람들이 모여 있었다. 정녀는 부끄러워 안방에서는 못하고 밖으로 나와 비손하였다.

계남은 밤늦게 돌아오는 부인이 걱정돼 마중을 나갔다. 어두운 밤길, 앞쪽에서 희미하게 발소리가 들려오자 계남은 조심스럽게 부인을 불렀다.

"자넨가?"

"예, 나요. 내일 일 나갈라믄 눈 좀 붙이시지 왜 나왔소.”

이렇게 비손을 다니던 정녀는 어느 날 자시, 보따리를 이고 집에 돌아오는 길에 학샘이란 샘터를 지나게 되었다.

샘터를 지나 몇 발자국을 걸었다. 갑자기 뒤쪽에 있던 샘터에서 "씨큰 씨큰" 누군가 빨래하는 소리가 들려왔다. 분명히 지나올 때 아무도 없었는데 이상하다고 생각한 정녀는 다시 발길을 돌려 빨래터로 갔다. 빨래터에는 아무도 없었다. 순간, 정녀는 등골이 오싹함을 느끼며 다시 천천히 걸어 샘터를 벗어나고 있었다.

샘터 쪽에서 "씨큰 씨큰" 또다시 빨래하는 소리가 들려왔다. 정녀는 자신의 무서움증을 없애기 위해 꼭 확인하고 싶었다. 다시 우물터로 되돌아간 정녀는 아무도 없는 것을 다시 확인하고 도망치듯 빠른 걸음으로 집에 돌아왔다. 그 후 정녀는 한동안 그 샘터 길로 다니질 못했다.

연등 속의 여인

    1945년 어느 날 계남의 첫째 딸이 태어났다. 계남은 가끔 도암면 등광리로 일을 가다가 노인과 손녀딸의 도움으로 살아났던 일을 기억하곤 했다. 그래서 그 손녀딸 이름과 같은 '옥자'라는 이름을 자신의 딸에게 지어 불렀다.

    해방이 되자, 능주에 살고 있던 일본인들은 논밭과 집을 다 버리고 도망가기에 바빴다.

    마을에는 만원이, 천원이, 도마께 등 일본인들이 살고 있었다. 이들은 해방과 동시에 자신들이 핍박했던 마을 사람들로부터 죽음을 면치 못했고, 그 중 만원이는 가족들과 함께 배를 타고 일본으로 가다가 죽었다는 소문이 돌았다. 삼거리 종태[29] 밑에는 여기저기 시체의 목이 걸려 있었고 사람들은 집집마다 친일파 앞잡이를 색출해 보복을 가했다.

    일본 제국주의가 완전히 물러가자, 능주 지역에는 일제의 강제 조치로 금지되었던 여러 가지 문화행사가 재개되었다. 특히 섣달 그믐날 밤, 동네 사람들은 너도, 나도 횃불을 들고 무산 12봉[30]을 밟았다.

---

29) 일제시대 세워진 종탑이 있는 삼거리.
30) 능주 앞의 연주산 12봉우리를 일컫는 말이다.

말똥바위 위를 올라타고 등반을 시작하여 천덕리 앞산으로 넘어오던 풍습은 송구영신의 뜻이 담겨 있는 동시에 나라의 독립에 대한 기쁨도 내재되어 있었다. 이 횃불놀이는 1970년대 초까지 지속되다가 이후 점차 사라져 갔다.

1946년 정월 대보름이 돌아왔다. 어린아이 할 것 없이 마을 사람들은 모두 밖으로 나가 횃불을 들었다. 사람들은 능주 읍내에 모여 큰 냇가 다리까지 삼삼오오 짝을 지어 행진했다. 다리 중간에 다다르면 사람들이 깡통에 불을 붙여 돌리기 시작했다. 남녀노소 할 것 없이 불깡통을 돌리는 쥐불놀이가 시작된 것이다. 마을의 온갖 액운을 걷어 줄 것을 소망하며 아이들은 폭죽을 터뜨리고, 불을 지피며 불깡통을 이리저리 들고 돌리다 멀리 내던졌다. 마을 사람들은 온갖 잡귀 잡신들을 물리치고 마을에 좋은 일만 있기를 기원했다.

1946년 음력 4월 계남과 정녀는 밤낮으로 굿을 하러 다녔다. 어느 날 영천사 절로 일을 하러 갔을 때의 일이다. 이른 아침 출발하여 영천사 절에 들어가니, 스님과 당가집 사람들이 마중을 나와 반갑게 맞아 주었다. 굿은 끝이 나고 금세 날이 어두워졌다. 계남의 부부는 집에 돌아갈 채비를 서두르고 절 밖으로 나서던 중 계남의 한쪽 발목이 접질려지는 사고를 당하고 말았다. 오래전에 접질린 발목이어서 매번 조심했는데도 순간 방심했던 모양이다. 계남은 걸을 수 없을 정도로 고통스러웠다. 다시 절 안으로 들어가자 주지는 계남의 다리 상태를 살펴보고는 하룻밤을 묵을 것을 청했다.

"이왕 이렇게 된 거, 내일 아침에 잠깐 독경 좀 해 주고 가시면 어떻겠습니까."

계남은 마침 다음 날 일정이 없었던지라 승낙을 하고 부인에게 사람을 붙여 먼저 집으로 돌려보냈다. 혼자 절에 남게 된 계남은 방에서 책을 읽다가 인기척에 고개를 들었다. 밖에는 아까 봤던 당가집의 젊은 여인이 조그만 보따리를 들고 서 있는 것이었다. 계남은 고개를 숙여 인사하고는 여인을 향해 물었다.

"아직 안 가셨습니까?"

"예, 집에 다녀왔습니다."

여인은 절 밖의 가까운 마을에 사는 모양이었다. 그녀는 계남을 바라보다가 말을 이었다.

"하도 열심히 일하신 것을 보고 힘내시라고 요기할 것을 가져왔습니다."

계남은 생각지 못한 여인의 행동에 당황했다.

"마음만이라도 고맙습니다. 내 먹은 것으로 할 테니 날이 더 어두워지기 전에 어서 내려가십시오."

"성의를 생각해서 받아 주세요."

계남은 마지못해 잘 먹겠다며 음식을 받아 들었다.

"빈 그릇은 그대로 놔두십시오."

여인은 한 마디를 남긴 채 홀연히 돌아섰다. 음식을 받아들고 보니 너무 양이 많아 혼자 다 먹을 수 없었다. 마침 동자승이 계남의 앞을 지나갔다.

"이보시오. 스님."

계남은 동자승을 불러 세우고 음식을 나눠 주었다. 얼마 안 있어 책을 보고 있던 계남 앞으로 동자승은 빈 그릇을 씻어 왔다며 작은 손으로 그릇을 내밀었다. 계남은 받아 든 그릇을 가지런히 놓고 따분한 마음을 달래기 위해 절 안을 구경하기 시작했다.

사월 초파일이 다가와서인지 절 안의 탑 주변에는 연등으로 붉게 물들어 있었다. 탑 근처에 다다랐을 때 연등 사이로 그 여인의 모습이 비쳐졌다. 연등 속의 여인은 계남의 마음을 흔들어 놓기에 충분했다. 연등을 구경하고 있던 여인은 계남이 돌아서려고 하자 그를 발견하고 다가와 물었다.

"잘 드셨습니까."

"예. 잘 먹었습니다. 해가 저물었는데 왜 집에 아직….""

"절 구경을 하고 싶어서요."

계남은 뒤돌아 숙소로 걸음을 옮겼다. 그런데 여인도 그의 뒤를 따라오는 것이 아닌가. 당황한 계남은 일부러 큰기침 소리를 내며 걸었다. 그래도 여인은 계속 뒤를 따라왔다.

"날 따라 오는 연유가 무엇이오."

뒤돌아서서 계남이 물었지만, 여인은 말이 없었다.

"젊은 여인네가 밤이 되도록 이유 없이 절에 있지는 않을 터인디 다른 마음을 먹었다면 서로 불경한 일입니다."

계남은 다른 생각은 하지 말고 집으로 돌아갈 것을 단호히 일 렀다. 그는 평소에도 몸과 마음을 단정히 했으며, 하대받고 천대

받는 무속인일지라도 보다 정갈한 몸가짐을 가져야 한다는 소신
을 가지고 있었다.

　다음 날 아침, 나이 지긋한 어르신 한 분이 절 안의 계남을 찾
았다. 어르신은 계남에게 어제의 그 여인이 자신의 딸이었음을
밝히며 딸을 훈계해 준 것에 대한 고마움을 표시했다. 계남은 물
끄러미 바라보던 여인을 향해 내심 미안한 마음이 들었는지 무언
의 인사를 건넸다.

빗발치는 총알

1946년 계남의 큰아들이 6세가 될 무렵, 집에서 가까운 거리에 사탕가게가 생겼다. 아들은 누워 계시던 할머니의 이불 속으로 슬금슬금 기어들어 갔다. 할머니의 호주머니에서 돈을 훔치기 위해서였다.

정홍은 이미 알아차렸지만, 일부러 미동도 하지 않았다. 할머니 호주머니에서 5원을 꺼낸 손자는 쏜살같이 달아났다. 정홍은 도망치는 손주 뒤에 대고 소리쳤다.

"저 도둑놈 잡아라!" 이내 줄행랑치는 손주 뒷모습에 껄껄 웃음을 터뜨렸다.

계남은 자신의 벌이로 난생처음 밭을 샀다. 7세가 된 석이 손을 잡고 밭을 찾은 계남은 석이에게 물었다.

"석아! 니 하잔대로 해 볼텐께, 여기에다 뭣을 심어 볼끄나?" 아무 생각이 없었던 석이는 무심코 주변을 둘러보다가 고추밭을 발견했다. "아부지! 고추를 심었으믄 좋컷소."

이듬해 계남은 여지없이 첫 농사로 고추를 심었다.

이렇게 정겨운 시간을 보내고 있을 때 1950년, 6.25가 발발했다. 마을 사람들은 피난길에 오르기 시작했다. 그러나 어머니가

누워 계신 마당에 계남은 어느 곳으로도 피난갈 수 없는 형편이
었다.

9월 25일 추석 전날, 드디어 능주에도 인민군들이 들이닥쳤다.
인민군들은 아무 곳에나 총질을 해댔고 살아 움직이는 것들을 닥
치는 대로 쏴 죽였다. 계남의 작은 오두막집에도 총알이 빗발쳤
다. 계남은 총알을 피하기 위해 집에 있던 장롱으로 방문 안쪽을
에워싸고 그것도 모자라 방패삼아 이불로 장롱을 둘러쳤다. 빗
발치는 총탄에 장롱과 방문짝, 부엌문이 고스란히 총구멍이 나서
휴지 조각처럼 너덜너덜해졌고 장독대가 깨지고 부서지는 소리
가 요란했다.

식구들은 방구석에서 서로 부둥켜안고 빗발치는 총알이 비켜
가기만을 기다렸다. 얼마나 지났을까. 총소리는 멈추고 밖에서
와자지껄 비명소리와 울부짖는 사람들의 소리가 들려왔다. 조마
조마하며 숨을 죽이고 있던 차에 인민군 복장을 한 네 명의 사내
들이 마당으로 들어왔다. 인민군들은 곧장 부엌문을 열고 들어가
부엌을 뒤졌다. 배가 고픈 모양이었다. 허겁지겁 배를 채운 그들
은 계남을 바라보더니 대뜸 물었다.

"○○○을 아느냐?"

동네에서 잘 아는 사람 이름이었다. 영문을 모르던 계남은 무
심코 안다고 대답했다. 다짜고짜 인민군들은 계남을 포승줄로 몸
을 묶어 집 밖으로 끌고 나갔다. 인민군들이 그를 끌고 나간 후
몇 분 뒤 밖에서 요란한 따발총 소리가 났다. 놀란 정녀는 혹시나
남편이 잘못되지는 않았을까 불안한 마음에 대문 밖을 살폈다.

계남은 초등학교 후문 계단을 따라 인민군들에게 끌려 올라가고 있었다. 인민군들은 계남을 끌고 학교로 올라가는 길에 닭이고 개고 움직이는 것들을 향해 모조리 쏴 댔다.

"따 다 다 다-!"

또다시 요란한 기관총 소리가 들렸다.

'이제는 꼼짝없이 죽었구나….'

운동장 쪽에서 총성은 더 크게 들려왔다.

운동장에 당도하니, 그곳에는 포승줄에 몸이 묶인 사람, 두 손을 뒤로 묶인 채 줄을 서 있는 사람, 여기저기 잡혀 온 동네 사람들이 몰려 있었다. 한쪽 가장자리에서는 포승줄에 묶인 사람들이 무릎이 꿇린 채 뒤에서 총질하는 인민들에게 죽임을 당해 그대로 구덩이 안으로 떨어져 나뒹굴었다. 구덩이 안에는 여러 구의 시체들이 흩어져 있었다. 도저히 눈을 뜨고 볼 수 없는 참상이었다.

포승줄에 묶인 계남은 그렇게 줄을 서 있는 사람들 쪽으로 끌려갔다. 그때 완장을 찬 한 인민군이 계남을 멈춰 세우더니, 자기들끼리 대화를 주고받았다.

그리고는 갑자기 "○○○를 어떻게 아느냐?"라며 계남의 머리에 총구를 들이댔다. 순간 저쪽에서 한 사람이 다급히 달려왔다. 같은 마을에 사는 '강은태'였다.

"은태, 여기 웬일인가…."

계남은 평상복 차림을 한 은태를 되레 걱정했지만, 은태는 대답 대신 인민군을 향해 "왜 이 죄 없는 사람을 잡아 왔냐."라며 당장 풀어 줄 것을 요구했다. 완장을 찬 인민군이 다가오자 은태는 다가오는 인민군에게 거침없이 역정을 냈다. 은태와 인민군들은 서로 대화를 이어나가기 시작했다. 계남은 자세한 대화 내용은 들을 수 없었지만, '은태 덕분에 살아 나갈 수 있으려나?' 바로 앞에서 사람이 죽어 나가는 판국에 실낱 같은 희망도 사치였다. 다행히 계남은 인민군들에게 집 밖으로 나가지 말 것을 다짐받고 풀려날 수 있었다.

'은태 덕에 살았구나.'

집에 돌아온 계남은 은태의 공을 쉽게 잊지 말 것을 부인에게 당부했다.

또다시 능주에는 경찰들이 들이닥쳐 반란군[31]들과 총질을 하며 싸우기 시작했다. 경찰들이 점령할 때면 반란군들은 산으로 올라가 숨어 있다가 저녁이 되면 내려와 보초를 서고 있는 경찰들과 밤마실 다니는 사람들을 모조리 죽였다. 아침이면 "○○○네가 죽었네." 하고 소식이 들려왔고 다시 낮이 되면 경찰들은 반란군들을 색출하기에 바빴다.

경찰들은 반란군들의 팔, 다리, 머리를 잘라 내고 등신만 남게 하여 시체를 거적으로 덮어 놓고 더풀더풀한 머리만을 떼어다 종태 밑 삼거리에 여기저기 매달아 놓았다. 반란군들에게 경각심을 주기 위해서였다.

정녀는 시어머니를 위해 샘물을 길어 와야 했는데 밖에 나가다가도 총을 쏴 대는 소리에 놀라 다시 집에 들어오곤 했다.

몸을 피할 수밖에 없었던 계남은 어머니를 발대에 지고 식솔들

---

31) 인민군 무리 속에 편승한 민간인 집단.

과 함께 집에서 조금 떨어진 아랫마을 구진다리(구름다리) 옆 객사리(지금의 석고리)로 피신했다. 그곳은 판소리 명창 김채만이 살았던 집이었다.

계남은 이곳에서 며칠을 지내다가 날마다 죽어 나가는 사람들을 보다 못해 가족들을 더 멀리 피신시켜야만 했다. 하지만 정녀는 어머니도 몸을 움직일 수 없어 모셔야 할 처지이고 자신도 임신한 몸이라며 계남에게 큰아들만을 데리고 피신할 것을 청했다. 이때 정녀는 복중에 둘째 아들 웅이를 임신한 상태였다. 계남은 할 수 없이 임신한 부인과 누워 계신 어머니를 남겨 놓은 채 큰아들만을 데리고 도암 등광리에 살고 있던 형 도남의 집으로 피신했다.

등광리에 들어서자 마을은 아직까지 평온했다. 마을 바로 앞으로 천태산이 높게 솟아 있었다. 피신한 곳에는 방앗간처럼 보인 자리였는데 그곳에는 큰 당산나무가 자리하고 있었다. 계남은 노루를 잡아다 기르면서 도남의 식구들과 함께 생활을 시작했다.

얼마 지나지 않아 계남은 '호주에서 원정 온 폭격기로 능주 역전에 정차해 있는 화물기차가 폭격을 맞아 많은 사람들이 나뒹굴어 죽었다.'라는 참혹한 소식을 접했다. 집에 두고 온 식솔들이 걱정되었던 계남은 아들을 데리고 다시 능주로 들어갔다. 춘양쯤 가다가 또다시 인민군들을 만난 계남은 위기를 모면하고 다시 능주로 향할 수 있었다. 능주에 도착한 계남은 역의 참혹한 폭격 현장을 목격하고 집으로 들어갔다. 다행히 어머니와 부인은 무사했다. 이때 능주는 경찰들이 점령하고 있었으며 인민군들은 물러나고 없었다.

11월에 접어들자 둘째 아들이 태어났고 얼마 후, 반란군들은 도암면 권동 일대를 점령했다. 정홍은 도암면 등광리에 있는 아들 도남이 걱정되었다. 계남이 형에게 다녀오겠다고 하자 정녀가 나서서 '자신이 가겠다.'며 자청했다. 당시에는 아무리 잔혹한 인민군들일지라도 아이를 업은 여인은 해하지 않는다는 소문이 돌았다. 정녀는 마침 둘째 아이 웅이를 낳은 터라 아이를 업고 가면 별일 없을 것이라고 여겼다.

정녀가 아이를 업고 등광리로 들어갈 때쯤 반란군들은 권동 일대를 6개월째 점령하고 있었다. 정녀가 도남의 집에 들어가자 인민군과 반란군들이 집에 꽉 들어차 있었다. 인민군 복장을 한 사내는 정녀를 보자마자 죽이려고 총구를 머리에 들이댔다. 놀란 도남은 인민군 앞을 가로막으며 목소리를 높였다.

"우리 제수씨는 안 돼요. 풍으로 누워 계시는 시어머니를 모시는 분이란 말이요."

도남은 이렇게 위기를 모면했다.

또한 그는 반란군들이 오면 오는 대로 경찰과 민간인들을 살려내고, 국군이나 경찰들이 마을을 점령하면 또 반란군들을 살려내기에 바빴다.

도남은 건장하고 잘 생겼으며 언변술이 뛰어났다. 또한 지혜롭고 글재주가 좋아서 죽을 사람을 여럿 살려 냈다. 인민군 위원장과 같은 높은 지위에 있는 사람에게도 약한 사람을 위해 변호를 서슴지 않았고, 경찰과 군인들 집은 집대로 달래고 반란군들은 반란군대로 집에서 재우며 진영을 떠나 서로 달래기 바빴다.

　동네 사람들은 감사의 표시로 도남에게 공적비를 세워 준다고 했지만 도남은 당연히 할 일을 했을 뿐이라며 "막걸리 한 잔이면 딱상이다."라고 거절했다.

　[박정녀의 육성 증언]
　"죽을 사람 많이 살려냈어.
　조도남씨가 죽을 사람 많이 살려줬다고,
　절대 안 받고, 욕심이 없었어.
　동네에서 도남이 비를 세워 준다고 해도
　필요 없다고 술 한 잔만 받아먹고,
　'나, 술 한 잔이면 딱상이다.'라고 변호해 줬어."

▲ 조도남이 생전 사용했던 장구

죽을 고비

1951년 3월, 인민군들은 쫓기다가 권동 일대 화학산으로 몰려들어 경찰과 특공대원들에게 포위를 당했다. 도망을 못 가고 뒤처진 인민군과 반란군들은 물고기 떼 몰리듯 도암 화학산 기슭에 모여든 것이다.

이들은 경찰과 특공대원들에게 에워싸여 대치하면서 항전을 계속했다. 그러면서 배가 고팠는지 밤이면 마을로 내려와 닭이나 소를 훔쳐 달아나는 일까지 벌어졌다. 이때 죽은 이가 많이 생겨났으며 이들 망자들을 위로하기 위해 도남과 계남 부부는 굿판에 자주 불려 다녔다.

그럴 때면 계남은 늘 걸어 다녔다. 이 와중에 계남이 또 한 번의 죽을 고비를 넘기는 일이 일어났다. 당시 인민군들은 마을을 장악하고 있다가 국군들이 다시 들어오자 산속으로 흩어져 은둔 생활을 하고 있었다.

하루는 도암면 등광리에 사는 형 도남의 마을에 굿을 하러 가는 길이었다. 당시에는 거리에서 발각되면 반란군에게도 죽고 국군에게도 죽고 하는 상황이라 산길로 이동을 해야만 했다. 그렇게 해망산을 넘어가고 있는데 갑자기 숲속에서 우르르 인민군 복장을 한 사람과 평상복 차림을 한 사람들이 총을 들고 나오는 것이었다. 이들은 서울이 수복되자 미처 북으로 떠나지 못한 채 산중에 몸을 숨기고 있던 반란군들이었다.

인민군 복장을 한 사람이 계남을 불러 세워 총을 겨누었다.

"동무, 보따리에 든 기 뭣인메?"

이들은 계남의 바랑을 뺏어 열어 보았다. 옷가지와 꽹과리, 북채, 그리고 주먹밥 두 덩어리가 나왔다. 산중에 있으면서 배가 몹시 고팠던 모양인지, 이들은 허겁지겁 주먹밥을 한 입씩 나눠 먹었다. 그들은 다시 계남의 입고 있는 옷을 뒤지기 시작했다. 품에서 작은 손수건으로 감싼 조그마한 물건이 툭, 떨어졌다. 반란군들은 이를 수상하게 여기고 죽이자는 말이 서로 오갔다. 그러던 중, 우두머리로 보이는 한 사람이 다가와 계남에게 물었다.

"무엇 하는 사람이오?"(뭐하는 사람이기오?)

계남은 일하러 가는 도중이라고 자신의 사정 얘기를 했다. 그들은 계남의 보자기에 싸인 피리를 펼쳐 보더니 다시 그를 향해 물었다.

"이기 무시기오?"

"피리라는 악기요."

우두머리는 피리를 이리저리 살피더니 입으로 가져가 안간힘을 다해 불어 보았다. 하지만 소리내기가 좀처럼 쉽지 않았다. 몇 번을 시도하다가 이윽고 피리를 계남에게 건넸다.

"불어 보시오."

피리를 건네며 소리를 내지 못하면 거짓으로 간주하고 죽일 것이라고 겁박했다. 망설이던 계남은 피리서를 입에 몇 번 물어 축

이고는 이내 불기 시작했다. 구슬픈 시나위 가락이 반란군들의
마음을 파고들었다.

피리 소리가 끝이 나자 또다시 죽이네 살리네, 그들의 의견이
분분했다. 반란군 우두머리는 약속대로 계남을 돌려보낼 것을 명
령했다. 하지만 그중 한 반란군은 자신들이 발각될 것이 염려된
다며 한적한 곳으로 끌고 가기 위해 계남의 두 손을 뒤로 묶었다.
그때, 누군가 계남을 알아보고 앞으로 나섰다.

"조 선생님 아니시오?"

고개를 들어 보니 능주에 사는 백샌(백남도) 아들이었다. 그는
깜짝 놀라며 물었다.

"이 난리 통에 뭐 하러 돌아다니시오?"

계남은 자초지종을 얘기하며 되레 백샌 아들에게 되물었다.

"여기서 뭐 한가?"

"산에 들어와 은신하고 있어요."

백샌 아들은 걱정스러운 표정을 지으며 계남에게 말했다.

"가시다가 우리 같은 사람을 만날 수가 있으니 그때 ○○○ 이
름을 대십시오."

그렇게 계남은 산을 무사히 빠져나왔다. 화순군 내에서 그를
모르는 이가 없다지만 이 깊은 산중에서 다행히 아는 사람을 만
나 죽을 고비를 넘겼다는 생각에 계남은 가슴을 쓸어내리며 조심
히 산을 넘어왔다.

'선영님이 도왔구나….'

월북 시도와 인공 후유증

1951년 늦가을 계남은 타지로 일을 나갔다가 저녁 늦게 집으로 돌아왔다. 남편이 돌아오자 정녀는 계남에게 말했다.

"조카가 몇 번을 다녀갔는지 모르겠소."

집에 돌아온 계남은 내일 일을 준비하고 있었다. 늦은 밤 도화가 다시 계남을 찾아왔다. 그는 굳은 표정으로 계남을 향해 말했다.

"삼춘! 나, 월북하기로 했네."

"뭣이어! 월북? 어째서?"

"쉿! 삼춘한테만 이야그 하는 것이어!"

"왜? 멋땀시 갈라고 헌가?"

"동실씨가 내가 아니믄 안된다고 흔께... 또 일행들도 있어. 상선 씨(조상선), 기남이(공기남), 박동실 씨… 정남희, 임소향이랑 그리 그리 같이 가기로 결심했어."

이때 도화는 박동실의 지정고수로 함께 활동하고 있었다.

계남은 가족들을 두고 며칠 후 떠날 것이라는 도화의 말에 황당하기만 했다. '다시는 돌아오지 못할 수도 있다'며 밤늦게까지 그를 말렸지만, 이미 결심이 섰다는 조카 앞에서 말을 해 봐야 소용이 없다는 것을 알았다.

다음 날 이른 아침 도화는 함께 월북할 일행들을 만나기 위해 약속 장소였던 남평역으로 향했다.

계남은 아침나절까지 망설이다가 조카 집을 찾아갔다.

"조카! 집에 있는가?"

"당숙, 아침 일찍 웬일이세요?"

도화의 부인인 공경례(점례)가 부엌에서 하던 일을 멈추고 밖으로 나왔다.

"질부, 조카는 어디 갔는가?"

"아침 일찍 나갔어요." 계남은 겁이 덜컥 났다. '분명히 며칠 뒤에 떠난다고 했는데 벌써 떠났을까' 하는 마음에 불안했다.

"조카한테 무슨 말 없던가?"

"아니오. 근디 당숙, 왜요?"

"…아니네."

계남은 일을 나갈 시간을 늦추고 그 길로 남평으로 향했다. 남평 드들강 근처를 지나고 있을 때 저 멀리 앞에서 누군가 봇짐을 멘 채 걸어오고 있었다. 분명 도화였다. 계남은 반갑게 달려가 도화를 맞이했다. 도화는 가족들 생각에 여러 고민을 하다가 약속 장소에 시간 늦게 도착하다 보니 기차를 놓치고 말았다고 했다. 계남은 흐뭇해하며 조카와 함께 집으로 향했다.

두 사람이 능주 북문에 들어서자 당산나무 아래에 사람들이 웅성웅성 모여 있었다. 두 사람은 무심코 걸어 지나가는데 사람들의 울음 섞인 목소리가 들려왔다. 계남과 도화는 사람들의 시선이 향한 곳을 올려다보았다.

당산나무에 젊은 부부가 목을 매 숨져 있는 것을 마을 사람들이 밧줄을 풀어 끌어 내리고 있었다. 알고 보니 객사리 살고 있던 홍샌 부부 내외였다.

이들은 극심한 기근에 못 이겨 스스로 생을 마감한 것이었다. 돌아오는 내내 말이 없던 계남은 이윽고 조카에게 말을 건넸다.

"조카! 우리가 여기서도 할 일이 많으네. 산 사람은 살아야 헐 것이 아닌가."

그것은 굿이라고 천히 여기지 말고 굿을 통해 사람들한테 용기를 주자는 의미였다.

1951년 등광리에서 살고 있던 도남은 식솔들을 데리고 중장 터로 이사했다. 당시 처였던 경주 최씨 부인은 아이를 임신 중이었는데 산달이 되자 병을 앓게 되었다. 병세가 날로 악화되던 최씨 부인은 결국 병을 이기지 못하고 복중의 아이와 함께 세상을 떠났다. 도남은 6.25동란 후유증으로 한순간 부인과 아이를 잃게 된 셈이다. 실의에 빠진 도남은 이때부터 괴로운 마음을 달래기 위해 술을 가까이하기 시작했다.

모친인 정홍은 병석에서도 이러한 아들의 안위가 걱정되어 식음을 전폐하기까지 했다. 모친을 모시고 있던 계남 부부는 큰아들 석이를 시켜 도암을 다녀오게 하였다. 석이는 큰아버지 집으로 가는 길목인 '도장굴'을 지나고 있었는데 이때 큰비가 내리기 시작했다. 조개바위 밑으로 흐르는 개울을 건너 도암으로 들어간 석이는 다시 집으로 돌아오려고 했다. 이때 큰아버지 도남은 비가 내려 걱정이 되었는지 조카인 석이를 바래다주기 위해 함께 집을 나섰다. 도장굴 조개바위 앞에 도착해 보니 금세 물이 불어 건널 수 없는 지경에 이르렀다. 도남은 석이에게 말했다.

"막걸리 같았으믄 똘똘 다 마시고 건너가겠다만 막걸리가 아니라서 어쩔 수가 없구나! 내일 가거라."

다시 큰아버지 댁으로 간 석이는 다음 날이 되어서야 집으로 돌아올 수 있었다.

본부인과 사별한 도남은 아이들을 데리고 다시 원천리로 이사를 했다. 그곳에서 두 번째 부인인 남평 임씨를 만나 재혼하게 되었다. 임씨 부인은 강진 출신으로 도남에게 시집오기 전, 강진에 사는 경찰서장과 혼인했다가 아이를 못 낳는다는 이유로 시어머니와 갈등을 빚고 있었다.

어느 날 전 남편은 한 여자를 만나 딸아이를 낳아 집안으로 들여왔다. 임씨 부인은 그 길로 집을 나와 자식이 많았던 도남에게 시집을 오게 되었다. 도암 생활을 시작한 임씨 부인은 도남의 아이들을 키우면서 알뜰하게 살림을 꾸려나갔다.

옥자야! 옥자야!

1952년 옥자가 여덟 살이 되던 초등학교 1학년 2학기 때 일이다. 정홍은 삼재가 든 옥자를 보며 늘 걱정했다.

"저 애가 올해 나가는 삼재라 수라 사나운디, 해를 잘 넘겨야할 텐디…."

그해 6월이 지나가던 날, 정홍은 누운 채 무슨 뜻인지 모를 말을 중얼거렸다.

"해가 기울어졌응께 갔수다…."

이는 옥자의 건강을 염려한 말로 '해가 저물어 삼재가 다 지나갔으니 아무 일 없게 해 달라.'라는 의미였다.

어느 날 옥자는 학교를 마치고 집에 돌아와 책보를 마루에 두고 골방으로 들어가 배를 잡고 끙끙 앓기 시작했다. 상황을 모른채 부엌일을 보고 있던 정녀는 옥자에게 말했다.

"옥자야. 할머니 미음 떠 드려야지."

옥자는 틈만 나면 누워 계신 할머니의 끼니를 챙겨 드렸고 똥오줌을 받아내는 등 할머니 수발을 마다하지 않는 착한 아이였다. 아프면 아프다는 내색도 안 하던 성품이었기에 행여나 누가알기라도 할까 봐 어두운 골방에 들어가서 배를 움켜쥐며 고통을참고 있었던 것이다.

"엄니, 나 배가 아퍼."

참다 못한 옥자의 목소리가 들려왔다. 옥자를 본 정녀는 그 길로 딸을 등에 업고 의원을 찾아갔다. 의원은 주사 한 대를 놔 주더니 괜찮아질 것이라고 얘기했다.

그러나 얼마 지나지 않아 옥자 배의 통증은 더 심하게 찾아왔다. 골방으로 들어가 이불에 기대며 옥자는 웅얼거렸다.

"엄니, 배가 너무 아퍼, 배 아퍼 죽겠어…."

안방에 누워 있던 정홍도 무슨 말인지 들리지 않을 정도로 힘겨운 목소리였다.

그때 방 안에서 밥그릇 소리가 들렸다.

"땡그랑 땡그랑"

정홍이 밥그릇을 방바닥에 두드리며 정녀에게 위급 상황을 알리는 소리였다.

안방으로 들어가 보니 옥자는 골방 이불에 엎어져 배를 움켜쥐고 있었고 몸을 움직이지 못한 채 이불에 얼굴을 파묻고 고통스러워하고 있었다.

"엄마 나 배 아퍼, 배 아퍼…."

옥자의 몸을 살펴보니 온몸이 불덩이처럼 열이 나고 땀으로 범벅이 되어 있었다.

"얼른 의원한테 가자!"

놀란 정녀는 옥자를 등에 업으려 했지만, 옥자는 '몸을 움직일 수가 없다.'라며 고통을 호소했다. 다급했던 정녀는 의원을 데리고 오겠다며 부리나케 밖으로 나갔다.

의원을 데리고 돌아온 정녀는 황급히 안방으로 들어갔다. 순간 불안한 느낌이 엄습했다. 시어머니 정홍은 자신의 흐트러진 이부자리를 잡고 누워 눈물만 흘리고 있었다. 정녀는 제발 아무 일 없기만을 바라며 골방 문을 열었다. 옥자는 그대로 엎드려 있었고 정녀는 미동 없는 딸의 몸을 흔들었다.

　"옥자야! 옥자야!"

　의원은 곧바로 아이를 살폈지만 아이는 이미 싸늘한 시신으로 변해 있었다. 정녀는 자신의 부주의로 딸을 지키지 못했다는 죄책감에 고통스러워했다. 계남은 옥자를 발대에 지고 정녀는 그 뒤를 따라 유바탕 공동산으로 올라갔다. 난데없는 까마귀가 날아 울어 대기 시작했다. 딸을 묻고 산에서 내려온 계남과 정녀는 집에 돌아와 한없이 울고만 있었다.

강제 징용

1953년 3월 계남은 사회적으로 멸시당하는 자신의 무업으로
인해 자식들에게 제약받을 것을 염려하여 중학교 2학년을 마친
큰아들을 서울로 유학을 보냈다.

1954년 2월 정흥이 임종하기 며칠 전이었다.
"니 못 할 일 시키고 내가 저승에 가서 뭔 죄를 받을 끄나."
정흥은 며느리인 정녀에게 자신의 업을 물려 준 것을 못내 미
안해했다. 정녀는 풍으로 드러누워 움직일 수조차 없는 시어머니
를 정성껏 간호했다. 대변이 안 나오는 날에는 막대기로 된똥을
파내야만 했고 나무 목욕탕에 따뜻한 물을 채워 넣고 몸을 담가
시어머니의 변이 조금이라도 나오길 기다리는 날도 있었다. 그렇
게 정녀는 시어머니를 11년간 수발했고, 정흥은 음력 2월 17일
세상을 떴다. 정녀는 그 공로를 인정받아 성균관과 화순군청으로
부터 효부상을 받았다.

1954년 초겨울이 되자 능주에서는 2명이 강제 징집되어 징용
을 가게 되었는데 그중 계남이 착출되어 강원도로 배치되었다.
눈에 덮인 한겨울의 강원도는 계남에게 혹독했다. 계남은 지게

를 지고 군인들의 실탄과 포탄, 지뢰 등 군수 물품을 나르는 일을 했다. 지게로 군수 물품을 옮기다가 발을 헛디디면서 눈 속에 파묻혀 죽을 고비를 넘기기도 했다. 얼마 후 경기도 평택으로 내려와 미군들과 생활하게 되었다. 휴식하는 날이면 미군들과 짐 나르는 술내기 시합을 하는 경우도 있었다. 미군들은 키가 크고 건장하여 힘이 좋았지만 꾀가 있어 지게로 지고 나르는 한국 사람들을 상대하기란 결코 쉬운 일이 아니었다. 해 볼 수가 없었던 미군들은 한국 사람들이 이기기라도 하면 열렬히 박수를 보냈다.

한편, 정녀는 홀로 자식들을 키워야만 했다. 어느 날 아침 한실마을에서 아주머니가 다급하게 정녀를 찾았다. 5살 된 아이가 보름 동안 밥도 못 삼키고, 물도 못 마시고, 입에 거품을 물며 곧 죽게 생겼다는 것이다.

"아이가 이 지경이 되었으면 병원으로 달려가야 하지 않겠소?"

정녀는 그렇게 아주머니를 돌려보내려 했지만, 오히려 그녀는 절박한 심정으로 정녀에게 매달렸다.

"병원에서 보름 동안 있어도 아무 소용이 없었소."

할 수 없이 정녀는 책을 펴 놓고 시어머니가 일러 준 대로 점을 봐 줬다.

"아이가 목신 동토가 나서 이 지경이 되었으니 동정잽이로 막아 봅시다."

정녀는 곧바로 채비를 하고 한실마을로 아주머니를 따라 걸어 들어갔다. 일을 마치고 집에 돌아온 정녀는 그날 밤 꿈을 꾸게 되었다. 시어머니가 보따리를 싸 들고 웃으며 대문 안으로 들어오는 꿈이었다. 정녀는 너무 반가워 말했다.

"어머니가 몸이 다 나으셨네. 뭘 이렇게 싸 오셨소."

다음 날 아침, 어제 일했던 집 아주머니가 남편과 함께 정녀를 찾아왔다. 새벽에 아이가 하품을 하고 나더니 배가 고프다며 밥을 달라고 했다는 것이다. 아주머니는 정녀의 두 손을 붙잡으며 밝은 표정으로 말했다.

"아이가 아침밥을 조금 먹더니 걸어 다니기까지 했소."

순간 정녀는 어젯밤 꿈이 머리에 번뜩 떠올랐다.

'꿈에 시어머니가 보이더니 예사로운 꿈이 아니었구나.' 시어머니에게 감사한 마음을 가지게 된 정녀는 그 후부터 굿이 나면 혼자서도 굿을 주재할 정도로 자신감이 생기기 시작했다.

1년이 지나고 다시 10월이 돌아왔다. 능주에서 징용 갔던 사람이 고향으로 돌아왔다. 그는 정녀에게 찾아와 며칠 후면 계남도 돌아올 것이라고 말해 주었다. 얼마 지나지 않아 계남은 집에 돌아왔고, 어머니가 돌아가셨다는 소식을 접했다. 어머니의 임종을 지키지 못한 죄스러운 마음을 안고 유바탕 산소를 찾은 계남은 아버지와 나란히 누워 계신 어머니를 보고 한시름 달랬다.

집에 돌아온 계남은 이때부터 부인인 정녀에게 본격적으로 씻김굿을 가르치기 시작했다. 저녁마다 못한다고 계남에게 핀잔을 들을 때면 눈물을 보이기도 했던 정녀는 이후 본인 없이 굿을 진행할 수 없을 만큼 실력을 쌓았다.

▲ 조계남이 써서 부인 박정녀를 가르치던 문서

덧배기 춤과 대금명인 한주환

1955년 어느 봄날, 계남은 여느 때처럼 음악을 치기 위해 조동선, 조도화, 박기채, 안사차, 조양금, 박정녀를 집으로 불러들였다. 마당에 덕석을 깔고 한데 둘러앉아 돌아가면서 소리 한 자락씩을 하고 난 다음, 구적놀이로 접어들었다. 때마침 밖에서 놀다가 들어온 여섯 살 웅이가 경글어지는[32] 음악소리에 흥이 났는지 거덜거덜 춤을 추며 대문 안으로 들어왔다. 그 모습에 모두들 박장대소를 하다가 사차가 일어나 나오며 말했다.

"웅아, 니가 춘 춤이 그 유명한 '덧배기춤'이다. 꼭 니 할아버지를 본 것 같아 반갑구나."

동선이 먼저 꽹과리를 잡고 굿거리 가락으로 치고 들어갔다. 징 장구 새납 소리가 동시다발로 어우러지면서 사차의 멋들어진 춤 동작이 이어졌다. 이윽고 음악은 빠른 자진장단 가락으로 넘어갔다.

"덧배기춤은 이렇게 추는 것이다."

웅이에게 농을 치던 사차는 덧배기춤을 선보였고, 웅이도 덩달아 춤을 따라 추기 시작했다.

이날 음악 치는 소리는 유독 더 경글어지게 울렸다. 지나가던

---

32) 멋대로 흥을 돋우며 노는 놀이로 엇머리 가락의 옛 명칭이기도 하다.

동네 사람들이 호기심에 마당으로 들어와 기웃거리고 있었다. 얼마 후 주재성 씨가 마당으로 들어오더니 "이런 자리에 나를 왜 빼 놓느냐."라며 가세했다. 곧 이어 능주면장과 우체국장이 따라 들어왔다. 능주 사람이라면 소리 한 대목과 춤 정도는 출 줄 알아야 한다는 인식이 팽배했던 시절이라 재성 씨 또한 음악소리에 흥이 났는지 바로 일어나 자신의 주특기인 한춤을 선 보였다. 동네에서는 재성 씨의 한춤이 일품이라고 소문이 자자했다. 마침내 구경하던 동네 사람들도 가세하며 큰 춤판이 벌어졌다.

그렇게 분위기가 무르익고 있을 때, 가옥재에 살고 있던 공옥진이 대문 안으로 들어왔다. 능주 장날을 맞아 장을 보러 나온 것이다. 옥진도 흥에 겨웠는지 인사할 겨를도 없이 곱사춤을 추기 시작했다. 너도나도 덩달아 곱사춤을 추기 시작했고, 급기야 사차도 곱사춤에 가세했다.

바로 안사차가 최고라고 정평이 나 있는 곱사 '병신춤'을 선보이는 중이었다. 모두 눈물이 날정도로 박장대소를 하며 난리가 났다.

춤을 추던 옥진은 "형님한테는 못 당허겠소."라며 빠졌다. 판은 사차의 독무대가 되어 그렇게 너울너울 춤을 추고 있었다. 그러는 동안 해는 서쪽으로 넘어가고 초가지붕 위의 탐스러운 박도 붉게 물들어 가고 있었다.

1955년 당시 계남은 능주에 살다가 동복면으로 이주해 살던 오태석, 오진석과 음악적 교류를 계속하고 있었다.

한편 사평면에 살고 있던 대금명인 한주환은 동복면에 살고 있던 오진석에게 젓대(대금)를 배우기 위해 동복으로 거처를 옮겼다. 오진석이 병이 들어 더 이상 가르칠 수 없게 되자 부족한 산조가락을 완성하기 위해 능주에 살고 있던 계남을 찾아갔다. 계남은 일찍이 오진석에게 피리, 젓대를 사사한 이력이 있었고, 계남의 구음가락이 일품이라는 소문을 듣고 있었기 때문이다. 과거에도 몇 차례 계남을 찾아왔던 주환은 부인을 데리고 계남의 집 근처인 능주면 잠정리(학샘길 2번지)로 거처를 옮겼다.

　능주는 주환에게 특별한 고장이다. 그는 본래 능주에서 태어나 어린 시절을 보내다가 일찍 어머니를 여의고 아버지를 따라 능주(군) 한천면 한천리 작은 마을로 들어갔다.

　1945년 해방이 되자, 가끔 능주로 왕래하다가 다시 화순군 사평면 내리 신암마을로 들어갔다. 이곳에서 주환은 한수동 등 친인척들의 음악을 접하며 뒤늦게 젓대를 배우고자 결심한다. 그리고 동복면에 살고 있던 이모부인 오진석을 첫 스승으로 모시고 곁에 머무르며 가르침을 받는다. 이때 주환은 이모부를 따라 순천과 부산 동래를 몇 차례 왕래한다. 하지만 오진석이 몇 해 못가서 병석에 눕게 되자 주환은 10년 가까운 세월을 한곳에 머무르지 않고 타관을 돌아다니며 생활한다. 그는 이 과정에서 자신의 기량이 부족하다는 것을 실감하고 산조가락을 익히기 위해 다시 능주로 거처를 옮긴 것이다.

　주환은 이사를 자주 하였음에도 어린 시절 능주에서 지냈던 추억은 잊을 수가 없었다. 자신이 태어난 고향이자 모친의 고향이었기에 어머니에 대한 향수도 그리웠으리라.

주환이 능주에 들어서던 날, 능주에는 5일장이 크게 열리고 있었다. 그는 먼저 시장을 둘러본 후 계남의 집으로 향했다. 마을은 주환을 반겨 주는 듯 따뜻한 기운이 감돌았다. 계남의 집에 들어서자 마당 한쪽 화단에는 꽃들이 만발하게 피어 있었다.

"동생, 나 왔네."

주환은 마당에 놓여 있는 평상에 걸터앉으며 짐보따리를 내려놓았다.

"형수씨는 어쩌고 혼자 오시오?"

계남의 물음에 주환이 화답했다.

"살 집 청소한다고 먼저 갔네."

주환은 이사 오는 날임에도 자신이 살 집을 먼저 들어가지 않고 계남을 바로 찾아온 것이다.

그렇게 주환은 계남의 집 근처에서 사글세살이를 시작했다. 계남은 벌이가 없는 주환을 위해 굿이 나거나 동네 삼현 치는 날에는 주환과 함께 동행하곤 했다. 하지만 김홍순(김용기 부친), 박기채, 조동선 등 고인들이 차고 넘쳐 나는 상황에서 주환의 역할은 그리 크지 않았다. 그럼에도 불구하고 두 사람은 동네 환갑잔치 행사가 있을 때 박기채, 조도화와 함께 어울리며 삼현을 치러 다니는 등 함께 하는 시간이 많았다. 또 쉬는 날에는 어김없이 계남의 집을 찾아 그의 구음가락에 맞춰 젓대를 불곤 했다.

어느 여름 아침나절, 주환은 여느 때와 마찬가지로 젓대 한 자루를 들고 계남의 집을 찾았다. 두 사람은 마당에 펼쳐 놓은 평상 위에 앉았다. 계남은 장구를 치며 구음을 하기 시작했고 주환도 가락을 반복하며 젓대를 불었다. 계남의 구음가락이 멈추기가 무섭게 다시 젓대를 불고, 두 사람은 따가운 햇살 아래 진땀을 흘리며 열공을 거듭했다.

　해가 중천에 떠오르자 더웠는지 주환은 맨살이 드러나도록 상의를 벗고 속바지만 걸친 채 연주에 몰두했다. 부엌에서 밥상을 가지고 나오던 정녀는 주환의 그러한 모습에 한동안 부엌에서 나오지 못하기를 여러 번.

　이렇게 주환은 능주에서 6년 가까이 머무르다가 풍류객으로 부산 동래 등에 출입하였다. 하지만 곧 병이 들어 다시 사평 신암 마을로 들어가 여생을 마쳤다.

▲ 조계남이 손수 제작한 산조대금

능주극장 축하공연

1958년 계남의 5촌 조카인 조도화는 명고수 김명환을 가르친 바 있다. 능주로 장가를 들은 김명환이 대례[33]를 치른 날이었다. 명환은 처가의 젊은 남자들로부터 동상례[34]를 당할 때 동네 사람들로부터 핀잔을 받았다.

"왜 소리 한 대목도 못 하고 장단도 못 맞춘단가?"

핍박을 당했다고 생각한 명환은 분한 나머지 도화를 찾아가 소리북을 배우기 시작했다.

1959년 능주극장이 처음 생겼다. 축하공연을 위해 광주에서 30여 명의 기생들이 능주를 찾았다. 창을 하는 기생들은 자연스럽게 계남의 집 윗방에 숙소를 정하고 짐을 풀었다. 아랫마을 빙고동에 살고 있던 조카 동선이가 이 소식을 듣고 부랴부랴 계남의 집으로 올라왔다.

"우리집이 더 넓으니 우리집으로 내려갑시다."

이렇게 기생들을 데리고 가 버렸다. 계남은 기분이 썩 좋지 않았지만, 동선의 집이 비교할 수 없이 넓었기 때문에 굳이 따져 물

---

33) 전통 혼례식.
34) 혼례가 끝난 뒤 신랑이 신부집에서 친구들에게 음식을 대접하는 일.

을 수 없는 처지였다.

극장 공연은 2주 동안 계속되었다. 먼저 영화로 '두만강아 잘 있거라'와 '바위고개'가 상영되었다. 다음으로 기생들의 창이 이어졌고 그 공연에서 계남은 피리, 젓대를 연주하고 동선과 도화는 각각 소리와 장단을 맡았다.

1960년 몸이 좋지 않았던 조견만은 변씨 부인과 함께 계남의 집에 들어가 기거를 했다. 그해 음력 6월, 계남의 셋째 아들이 태어났고, 그 이듬해인 1961년 3월, 견만은 악화된 병세로 세상을 떴다. 한순간 미망인이 된 변씨 부인은 홀로 나가 살겠다며 거처를 광주로 옮겼다.

계남은 홀로 사는 형수가 안타까워 형수를 다시 능주집으로 모셔와 본인의 식구들과 동거하게 했다. 또한, 계남은 홀로 계신 형수님을 위해 6.25동란 시절 연락이 끊긴 변씨의 아들 '조준명'을 찾아 나섰다.

'준명'은 별호로 '마치'[35]라고 불리었다. 준명은 자신의 큰아버지인 조몽실만큼의 명창 반열에 오르지는 못했지만 소리를 아주 잘했다고 전해진다. 계남은 준명을 백방으로 수소문한 끝에 나주로 이주해 살고 있는 큰딸이 있다는 사실을 알게 되었다.

눈이 내리던 어느 겨울날, 계남은 둘째 아들 웅이를 데리고 나주를 찾아갔다. 물어물어 찾아간 곳은 어느 한적한 주막집이었다. 어느덧 눈은 그치고 날은 저물고 있었다. 주막집 안으로 들어서자,

---

35) 전통음악 용어를 따서 부른 별호이다.

"뉘시오?" 여주인은 방문을 열고 나오면서 물었다. 계남이 능주에서 왔다고 하자 여주인은 사색이 된 얼굴로 반갑게 맞이했다.

"아이고 어쩐 일이세요, 어떻게 오셨어요."

여주인은 다름 아닌 가야금 병창으로 조예가 깊었던 준명의 큰딸 '월화(호적 이화)'였다. 계남은 웅이에게 월화를 가리키며 촌수로는 조카가 되지만 나이로는 너의 누님뻘 되니 얼굴을 잘 익혀 두라고 일러 주었다. 잠시 후, 월화는 술상을 들고 방으로 들어왔다. 상에는 막 삶은 돼지고기가 놓여 있었다. 월화는 계남에게 물었다.

"어쩐 일이세요?"

"마치를 찾으러 왔네."

"아버님은 이미 돌아가셨어요."

순간, 계남은 가슴이 철렁 내려앉으며 허탈한 마음을 지울 수 없었다. 계남은 형수에게 아들을 찾아 주기 위해 갖은 노력을 했지만 이미 세상을 뜨고 만 것이다.

"어디다 모셨는가?"

월화는 밖으로 나가 손으로 공동산 쪽을 가리켰다. 그리고 선친 소리의 끈을 놓지 않았는지 월화는 계남의 청으로 가야금을 꺼내더니 구슬픈 소리 한 대목을 부르기 시작했다. 계남도 평상에 눌러 앉아 월화의 가야금병창 소리에 장단을 두드렸다. 하늘을 수놓은 빨간 노을이 차츰 차츰 식어가고 있었다. 계남은 준명과 상봉은 못 했지만, 이를 계기로 준명의 아들과 딸을 찾을 수 있었고, 아들과 손자는 매년 능주로 와 조부모님께 성묘를 하며 묘를 관리하고 있다.

도남의 임종

1960년 겨울, 계남은 광주 무등산으로 산소 일을 가게 되었다. 능주에는 며칠째 눈이 내리고 있어 거리마다 한산했다. 정녀는 산소 일을 하러 가는 계남이 걱정되었다.

"석이 아부지! 이렇게 눈이 많이 오는디 혼자 어쩔라고 그러시오."

"진작 날을 받아 놓고 기다릴텐디, 안 가믄 쓰겄는가. 다녀와야재."

계남은 책임감이 남달랐다. 저녁에 미리 일 나갈 채비를 한 그는 새벽에 일어나 검정색 두루마기를 입고 집을 나섰다. 능주역에 도착하니 계남을 알아본 동네 사람들이 인사를 건넸다.

"조 선생님 아니시오. 이렇게 좋은 일 하시는 분은 건강하셔야 돼요. 늘 건강하십시오." 하며 인사를 건넸다.

기차는 새벽바람을 가르며 남광주역에 도착했다. 그러나 아직 동이 트지 않아 어둑어둑했다. 곧장 걸어 무등산으로 향했다. 두어 번 가 본 적이 있었던지라 근처에 가면 쉽게 집을 찾을 수 있었다. 발걸음을 재촉하여 무등산 초입에 당도하니 날이 밝아 왔다.

산속으로 들어갈수록 눈은 점점 세차게 내렸다. 얼마나 더 걸어 들어갔을까. 쌓인 눈에 길이 보이질 않았다. 이쪽으로 발을 디뎌 보고, 저쪽으로 디뎌 보고, 이리 미끌 저리 미끌하다가 얼었던 얼음이 깨지고 그만 개울물 속에 빠지고 말았다. '풍덩 풍덩' 개울을 빠져나와 양말을 벗어 쥐어짜 다시 신고, 산을 향해 올라갔다.

당가집에 당도하자 집주인은 눈이 많이 내려 못 오는 줄 알고 걱정했다며 산소에 가지고 갈 갖가지 음식을 챙겨 꺼내 왔다. 계남은 집주인의 뒤를 따라 산소를 향해 올라갔다. 마침내 산소에 도착하니 나지막한 산소 세 봉이 가지런히 놓여 있었다. 그곳에 자리하고 일을 시작했다. 세차던 바람도 한결 잠잠해졌다. 하지만 계남의 발가락이 점점 아려 왔다. 아까 물속에 빠지면서 젖었던 양말 때문이었다.

낮 시간이 되어서야 일을 마치고 산소를 빠져나오는데, 언제 그랬냐는 듯 또다시 세찬 눈보라가 몰아치기 시작했다. 서둘러 내려가자는 당가집 사람들의 재촉에 한참을 내려오던 중 앞서가던 일행 중 한 사람이 '악!' 소리를 내며 미끄러져 눈 속으로 사라지고 말았다. 논두렁 옆 수로에 쌓인 눈에 파묻힌 것이다. 모두들 다급히 달려들어 눈을 손으로 이리저리 바삐 저었다. 다행히도 사람의 발끝이 슬며시 드러났다. 일행들은 지체 없이 묻힌 사람의 한쪽 다리를 힘껏 잡아 당겼다. 순식간에 벌어진 일이었다.

당가집 사람들과 헤어진 계남은 하염없이 내리는 눈을 맞으며 무등산을 내려왔다. 집으로 돌아온 계남은 양말부터 벗어 보았다. 발이 시퍼렇게 부어올라 있었다. 놀란 정녀는 이렇게 붓도록 일을 하고 왔냐며 따뜻한 물을 적셔 찜질을 시작했다. 그 후로 계남은 발가락 동상으로 한동안 고생을 해야 했다.

계남은 쉬는 날이면 농사일도 겸했다. 논에서 일을 하고 있을 때면 셋째를 업은 정녀는 누룽지로 준비한 새참거리를 머리에 이고 논을 찾았다. 정녀는 계남의 일을 거들다가 해 질 녘이 되어서야 집으로 돌아오곤 했다.

계남은 무업과 농사만 가지고 아이들을 키우는 것이 버거웠다. 무엇이라도 해야만 했던 계남은 한천 탄광을 다니기 시작했다. 그러나 탄광에서 예기치 못한 사고가 나자 그만두고, 돼지 키우는 일을 시작했다. 집에다 손수 돼지막을 지어 놓고 정성을 기울였다. 새끼를 내기 위해 돼지를 끌고 모산리까지 가서 접을 붙여 오기도 했다. 돼지가 필요했던 사람들은 계남의 집으로 찾아와 새끼 돼지를 사 가지고 갔다. 이렇게 벌어들인 돈으로 그는 자식들의 학비를 마련할 수 있었다.

새끼 돼지가 태어나려고 하던 어느 날, 동선의 아버지인 조정만이 임종했다는 소식을 접했다. 계남은 동선의 집으로 내려가려고 채비를 해 놓고 새끼 돼지가 나오기만을 기다렸다. 그런데 이상하게도 새끼가 좀처럼 나오지 않는 것이었다. 초상집에 바로 가면 부정을 타 돼지가 잘못될 것을 염려한 계남은 좀 더 지켜보다가 동선이 집을 가기로 마음먹고 돼지 출산에 집중했다. 이런 과정을 거치던 중 드디어 어미 돼지가 다섯 마리의 새끼를 낳았다. 동선은 당숙인 계남이 오지 않는다며 인편으로 서운함을 알려왔다. 새끼를 다 낳았으니 별일 없기를 바라며 거적을 돼지막에 둘러쳐 놓고 동선의 집으로 곧장 내려갔다. 잠시 상을 치르고 집에 돌아온 계남은 먼저 돼지막을 살피다가 눈을 의심케 하는 일이 벌어졌다. 어미 돼지가 자신이 낳은 새끼 두 마리를 물어 죽이고 만 것이다. 다음 날 일어난 계남은 돼지막부터 살펴보았다. 아뿔사 어미 돼지가 남은 새끼들마저 모조리 물어 죽이고 말았다. 충격에 빠진 계남은 어미 돼지를 어루만지며 달랬다.

그때 술에 취한 동선은 계남의 집을 지나가면서 고래고래 소리를 쳤다.

"계남아! 니가 나락메기를 지면 얼마나 진다고 허더냐?" 동선은 본인의 아버지 초상날 늦게 넘어왔다는 이유로 계남에게 투정을 부렸다. 계남은 아버지를 잃은 조카 동선의 마음을 헤아리고 싶었다. 다음날 또다시 동선은 계남의 집 앞을 지나다가 침을 뱉으며 소리를 쳤다.

"계남아 이넘아! 니가 돈을 벌면 얼마나 번다고 허더냐?" 사실 계남의 집은 세간 살림은 없다시피하고 문짝도 없는 방 한 칸에다 여러 식구가 살고 있어 집이라고 볼 수 없을 정도로 초라하기 그지 없었다.

자존심이 상한 계남은 참을 수가 없었다. 마침내 밖으로 나가 지나가고 있던 동선의 멱살을 잡았다.

"야 이넘아! 너한테 나락가마니를 달라고 하더냐? 돈을 달라고 하더냐?"

그때 아래쪽에서 도화가 올라와 두 사람의 싸움을 말리기 시작했다.

"삼춘! 성이 술을 너무 많이 마셔서 그렁께, 이해해불어"

그렇게 하루해가 저물 무렵, 도화가 다급히 계남의 집을 찾았다.

"삼춘! 큰일났어."

"먼 큰일이 났단가?"

"동선이 성이 살림을 깨부수고 집안이 난리가 났어."

술에 취한 동선이, 계남의 흉을 보고 있는데, 보다 못한 동네 이장이 동선에게 쓴소리를 한다며 "자네도 큰 소리 못 치게 되어 갖고 있어! 자네 부인이 놀음을 해서 자네 논 밭을 다 팔아도 빚 못 다 갚을 것이어."라고 말한 것이다.

계남은 걱정이 앞섰다.

"큰 집이 그러믄 큰 일이시." 계남은 '큰 댁이 힘이 없으면 안 된다'며 다시 동선의 집으로 향했다. 동선의 집 안으로 들어가자 마당에는 살림살이가 너저분하게 흩어져 있고, 장독들이 깨져 있었다. 방 안을 정리하고 있던 박초선이 밖으로 나오며 계남을 반갑게 맞았다.

"오셨어요? 상중 소식을 듣고 찾아 왔어요."

"찾아줘서 고맙네, 다들 어디 갔단가?" 초선은 알 리가 없었다. 계남은 그 날 이후부터 볏짚으로 지붕을 엮어 주는 등 동선의 집 살림을 조금씩 거들었다. 그리고 어미 돼지의 예기치 않은 행동으로 마음이 좋지 않아 돼지 키우는 일을 접고 말았다.

둘째 아들 웅이가 초등학교 6학년 때 일이다. 학교 음악 시간에 선생님은 웅이를 불러 놓고 친구들 앞에서 노래를 부르게 했다. 선생님은 노래를 잘 부른다며 칭찬하였고 소문을 듣던 옆 반 선생님은 웅이를 데려다가 노래를 부르게 하는 일도 생겼다.

어느 날 화순읍에서 군내 노래자랑이 열릴 것이란 소식이 전해졌다. 며칠 후 학교에서는 노래자랑에 대표로 나갈 학생을 선발하게 되었다. 그리고 두 명으로 좁혀진 선발자 중에서 최종적으로 웅이가 뽑혔다.

하지만 다음 날, 선생님은 반 교실로 들어오더니 웅이가 탈락하고 대신 다른 아이가 선발되었다는 통보를 해 왔다. 분했던 웅이는 선생님에게 찾아가 따져 물었다. 선생님은 원론적인 얘기만 할 뿐, 납득할만한 답을 해 주지 않았다.

교무실에서 나온 웅이는 수군대는 친구들의 입을 통해 단골[36] 자식이라는 이유로 선발자가 뒤집힌 사실을 알게 되었다. 집에 돌아온 웅이는 어머니에게 따져 물었다.

"왜, 우리는 단골네가 되었어요? 왜 내가 단골네 소리를 들어야 되냐고요?"

웅이는 억울한 나머지 참았던 울음을 터뜨렸다. 그리고 '단골이 된 경위를 밝히라'며 어머니의 치마를 붙잡고 매달렸다. 계남과 정녀는 아무 말을 할 수가 없었다. 계남은 이 사건을 계기로 '자식들이 사회에 나가 제약을 받지나 않을까'하고 생각하니 걱정이 되었다.

1963년 동짓달(음력 11월 12일 밤 12시) 자정을 넘는 시각에 막동이 산이가 태어났다. 그런데 아이는 미동 없이 울음소리를 내지 않는 것이었다. 이상하다고 생각한 계남과 정녀는 아이를

---

36) 혈통에 따라 세습된 무속인.

살펴보았다.

아이는 분명 숨을 쉬지 않고 있었다.

'뭔가 잘못되었구나…!'

계남 부부는 혹 아이가 깨어날 수 있다는 생각에 새벽녘까지 뜬눈으로 밤을 지새웠다. 다시 두 시진[37]이 지나서 아이를 살펴보았지만 아직도 아이는 깨어날 기미가 보이질 않았다. 아이가 가망이 없다고 판단한 계남과 정녀는 할 수 없이 아이를 차가운 윗목에 옮겨 놓고 그 위에 하얀 무명베로 아이의 몸 전체를 덮어 놓았다.

오늘도 굿 날을 받아 놓았던 터라 정녀는 산후 조리할 틈도 없이 일을 나갔다. 계남과 정녀는 돌아오는 길에 아이를 어찌해야 할지 의논하면서 집으로 돌아왔다. 그런데 예기치 않게 안방에서 아이의 울음소리가 들려 왔다. 황급히 방문을 열고 들어가 보니 아이가 울고 있었다. 정녀는 아이를 반갑게 안으며 젖을 물렸다.

"아이고 내 새끼." 계남도 기뻐하며 한마디 거들었다.

"허허, 이 아이는 명이 길겠네."

1966년 정월 도남은 '동생 계남이 보고 싶다'며 어린 큰아들을 통해 기별을 해 왔다. 계남은 화순군 내 어디를 가거나 하면 늘 걸어 다녔다. 차가 자주 왕래를 하지 않았던 이유도 있었지만 걸으면서 여러 생각을 정리할 수 있었기 때문이다. 이날은 부인과 동행함으로서 달구지를 빌려 타고 도암으로 향했다. 바람이

---

37) 4시간.

세차게 몰아쳤다. 도남의 집에 도착하여 방 안에 들어서니 일명 장군독이라고 하는 큰 술독이 방 가장자리에 놓여 있었고 도남은 술을 듬뿍 마신 상태였다. 도남은 반갑게 계남의 손을 붙잡더니 머리를 끌어당겨 안으며 눈물을 흘렸다.

"동생, 나 얼마 못 가겠네. 죽을 날이 사흘밖에 안 남았네."

멋쩍어하며 대수롭지 않게 생각한 계남은 도남의 눈가에 맺힌 눈물을 보고 의아해했다. 생전에 눈물을 보이지 않고 호탕하기만 했던 형이었기 때문이다. 옆에 있던 정녀에게 그 모습은 마치 도남이 세상을 하직하려는 모습처럼 비추어졌다.

계남 부부가 집으로 돌아오고 딱 사흘 뒤, 도암에서 사람이 찾아와 도남이 임종했다는 기별을 해 왔다. 계남은 부랴부랴 도암으로 들어가 안방에 염을 해 놓은 도남을 바라보았다. 계남은 북받쳐 오르는 감정을 억누르려 애를 썼다.

도남이 세상을 뜬 후, 강진에 살고 있던 임씨 부인의 전 남편은 도남의 임종 소식을 듣고 도암을 찾아왔다. 임씨 부인을 데려가기 위해서였다. 친동생을 앞세워 찾아온 임씨 부인의 전남편은 밖을 서성였고 그의 동생이 방 안으로 들어왔다.

"형수님, 형님도 오셨는데 여기 들어오시라 할까요?"

"여기까지 왔으니 들어오시라 하세요."

전남편은 들어오더니 임씨 부인에게 강진으로 다시 돌아가자며 지금까지 이혼 수속을 밟지 않고 있었다고 말했다. 동생도 '오랫동안 형수님을 기다리며 지내 왔다'며 형의 말을 거들었다. 전남편은 임씨 부인에게 아직도 못 잊고 있다며 함께 돌아갈 것을 거듭 청했다. 그러나 임씨 부인은 단호히 거절했다.

"아니오, 한번 이 집에 들어왔으니 여기서 살아야지 않겠소. 바쁘신디 여기까지 와 줘서 고맙소." 하며 전남편을 돌려보냈다.

도남의 첫 제사가 돌아왔다. 서울에 살고 있던 계남의 자식들은 도암 큰어머니인 임씨 부인을 찾았다. 제사상에 올릴 밤을 치면서 덕이는 큰어머니가 큰아버지에게 시집오게 된 이유를 물었다.

임씨 부인은 농담 섞인 말로

"니 큰아버지가 자식들이 많은께, 자식 한나나 날 줄 알고 왔재."

그 의중을 알았던 덕이는 열심히 밤을 치면서 웃으며 화답했다.

"큰어머니도 큰아버지가 좋으신께 오셨겄재."

그렇게 임씨 부인은 홀로 원천리 마을에서 여생을 보냈다.

아버지의 옛날이야기

산이가 네 살 되던 해였다. 모든 식구들이 안방에서 아침 식사를 하고 있었다. 불현듯 천장에서 거미 한 마리가 밥상 위까지 내려와 대롱대롱 거미줄에 매달렸다. 산이는 매달려 있는 거미를 건드리려고 했다. 계남은 '아침에 거미가 내려오면 그날 재수가 있는 것'이라며 건드리지 말 것을 주문했다. 어떤 날은 한밤중에 잠을 자다가도 천장에서 쥐가 기어 다니는 소리에 놀라 깨고 새끼 쥐가 구멍 난 천장 사이로 떨어져 이불 위로 기어다니는 날엔 온 식구들은 밤새 쥐를 쫓아내느라 애를 먹었다.

어느 날 계남은 피리 '서'를 물에 축이기 위해 서를 대접 물속에 담가 놓았다. 산이는 호기심에 피리 서를 건져 불어 보았다. "빼~" 하고 나는 소리에 재미를 붙였는지 몇 번을 불어 본다. 옆에 있던 계남의 웃음소리에 산이는 자신이 잘못이라도 한 듯 놀라 가만히 서를 내려놓는다. 계남은 다시 피리 서를 산이 손에 쥐어 주었다.

"이것이 피리 새[38]란다. 또 불어 보거라."

"빼~"

---

38) '서'의 방언.

산이를 바라보던 계남은 어릴 적 자신의 모습을 보는 듯이 흐뭇해했다. 잠시 후, 계남의 누이 복인이가 집안으로 들어왔다. 누이는 군산에 살면서도 막내 동생인 계남의 집을 자주 찾았다. 과자를 한 보따리 가득 안고 들어온 복인이는 산이를 데리고 잘 놀아주었다, 등에 말을 태워 주는가 하면 무동도 태웠다가 두 발로 비행기를 태우기도 했다. 산이는 연신 까르르 웃으며 즐거워했다.

늦은 밤 계남은 호롱불을 밝힌 방 안에서 아들과 딸들을 모아놓고 옛날이야기를 들려주었다.

"나팔아, 나팔아! 어디 가니!"

"시장에 간다….."

아버지인 상언이 자신에게 들려주었던 이야기를 계남도 자식들에게 들려주고 있었다. 이야기가 끝이 나자 자식들은 이야기 속의 나팔이 아버지일 것이라는 짐작을 하고 대뜸 물었다.

"아버지가 나팔인가요?"

"오냐, 오냐!"

계남은 웃음으로 화답했다. 은연중에 아이들은 아버지가 행사 때마다 새납[39]을 불고 다녔던 기억으로 인해 아버지에 관한 이야기일 것이라고 믿고 있었다. 어느새 아이들은 잠이 들고, 아이들이 잠든 사이 계남은 정녀에게 마중을 나가기 위해 종이로 만든 호롱불을 준비했다. 정녀는 아침나절에 30리길 되는 능주 한천면 재롤마을로 일을 나간 상태였다. 달도 구름에 가려 칠흑같이

---

39) '서'와 '납'의 합성어로 '서납'으로 불러야 하지만 언어의 변천으로 '새납'으로 부른 것이다. 일명 태평소라고도 부른다.

어두운 밤, 부인이 항상 집에 돌아오던 시간대를 알고 있었던 계남은 준비한 호롱불을 밝히고 한천 모산리 쪽으로 걸어 나갔다. 얼마 동안 걸었을까. 어둠 속에서 발걸음 소리가 들려왔다.

"자넨가?"

정녀는 저만치 걸어오며 화답했다.

"예, 나요." 영락없는 부인이었다.

"추운디, 뭐하러 여기까지 나왔소." 정녀의 걱정 섞인 말이 이어졌다.

1967년 계남의 나이 52세가 되던 작은 추석날, 능주극장에서 영화 상영이 있었다. 영화는 흑백 공포영화였다. 영화를 좋아했던 계남은 새로운 영화가 들어올 때면 자식들을 데리고 극장을 찾곤 했다. 오늘도 자식들을 데리고 능주극장을 찾은 것이다. 극장은 능주 부유층이 만들어 놓은 건물로 영화 상영뿐 아니라 공연, 콩쿨 등 다양한 행사가 열렸다.

극장에서는 계남의 6촌 조카 손자가 2층에서 영사기를 돌리고 있었다. 집에서 극장까지는 지척이어서 어린아이도 금방 걸어갈 수 있는 거리였다. 계남이 아이들을 데리고 극장 앞에 당도하고 보니 많은 사람들이 극장 앞을 에워싸고 극장표를 구하려고 혈안이 되어 있었다. 붐비는 사람들 틈에서 조카 손자의 목소리가 들려왔다.

"작은아버지!"

조카 손자는 동네에서 인기가 참 많았다. 그 이유는 영화 상영

때마다 무료입장권을 가지고 있었기 때문이다. 조카 손자가 작은 아버지를 다급히 부른 이유도 자신이 가지고 있던 표를 건네주기 위해서였다. 셋째 딸 란이는 사람들 틈을 비집고 들어가 조카에게 표를 건네받았다. 이윽고 상영시간이 가까워지고 줄을 선 사람들이 차례로 극장 안으로 들어갔다. 계남의 가족들은 앞좌석으로 이동해 앉았다. 영화가 시작되자 의자 칸칸이 들어차 앉은 사람들로 극장 안은 빽빽했다. 처음 극장을 찾은 산이는 란이 누나의 무릎에 앉아 신기한 듯 영화를 보다가 졸고, 잠에서 깼다가 또 졸고를 반복했다. 영화는 끝이 났고 사람들은 바쁘게 영화관을 빠져나갔다. 극장을 나온 란이는 동생 산이에게 물었다.

"산이야, 너 영화가 무슨 내용인지 알겠냐?"

"사람들이 칼 들고 날아 다니던디, 나는 잠자 부렀네."

"산이가 지루했는갑다."

사실 산이는 영화가 무서워 잠이 든 것이었다.

어느새 밤은 깊어 하늘의 별은 창창하고 둥근 보름달이 계남과 아이들이 걸어가는 골목길을 환하게 비추고 있었다.

엄마야, 누나야

1967년 12월 눈발이 날리던 겨울밤, 란이는 산이를 등에 업고 천덕리로 일을 나가신 아버지와 어머니 마중을 나갔다. 부드러운 눈은 솜털마냥 탐스럽게 내려 거리마다 소복이 쌓여 있었다. 마을 어귀로 마중을 나간 란이는 희미한 가로등 밑에서 서성이며 아버지 어머니를 기다렸다. 등에 업힌 산이는 가로등 아래로 흩어지는 눈발을 신기한 듯 올려다보고 있었다.

"엄니 아부지가 늦으신갑다."

란이는 큰 냇가 다리까지 걸어 나갔다. 인적이 드문 거리는 온통 하얗게 변하고 있었다. 등에 업힌 산이가 말했다.

"누나, 너무 춥다."

"조금만 더 기다려 보자."

란이는 춥고 지루하다는 산이에게 노래를 불러 주었다.

"엄마야 누나야 강변 살자~

들에는 반짝이는 금 모래빛~"

누나가 불러주는 노래는 하늘에서 들려주는 천상의 노래였다. 산이는 누나가 노래를 아주 잘 부른다고 생각했다.

"누나는 커서 뭐가 될 건가?"

"응, 나는 서울 가서 멋진 가수가 될 거여."

그렇게 둘이 도란도란 얘기를 나누고 있을 즈음 저만치서 '뽀
득 뽀드득' 눈 밟는 소리가 들리더니 금세 아버지와 어머니의 모
습이 나타났다.

"추운디 뭣 하러 나왔냐."

정녀는 걱정스러운 목소리로 말했다.

"감기 걸릴라. 추운께 얼른 핑 가자."

정녀는 란이의 얼굴을 어루만지며 목에 목도리를 감싸 주었다.
그리고 등 뒤에서 세상모르게 자고 있던 산이를 토닥이며 집으로
향했다.

집으로 돌아온 계남은 호롱불 밑에서 담배를 태웠다. 이부자리
에 누워 있던 산이는 잠이 오질 않았는지 아버지 입에서 품어져
나오는 각기 다른 모양의 담배연기를 말똥말똥 바라보았다.

"아부지! 나팔이 이야기 좀 해 주시오."

계남은 담배를 끄고 '나팔이' 이야기를 들려주었다. 이야기를
듣던 산이는 금세 스르르 잠이 들었다. 호롱불은 여전히 방 안을
은은하게 비추고 있고, 태우다 만 계남의 담배 연기는 다시 너울
너울 피어오르고 있었다.

"사람이 힘을 쓸라면 가끔 단백질도 보충해야 쓴다."

햇빛이 쨍쨍 내리쬐는 토요일 오후, 계남은 자신이 짠 들그물[40]
을 들고 자식들과 함께 물고기를 잡으러 냇가로 나갔다. 계남은
된장으로 물고기가 좋아하는 떡밥을 만들어 그물에 발라 물속에

---

40) 들어 올려 물고기를 잡는 그물.

다 들그물을 펼쳐 놓았다. 금세 물고기 떼들이 몰려들었다. 마침내 들그물은 건져 올려졌고 여러 가지 크고 작은 물고기들이 퍼덕였다. 계남은 몇 마리의 큰 물고기만을 남겨 놓은 채 작은 물고기를 다시 물속에 던져 주며 아이들에게 말했다.

"단백질을 보충해야 몸이 건강해지는 법이다."

집으로 돌아오는 길에 아이들이 돌아가며 노래를 부르기 시작했다. 둘째 아들 웅이가 아버지에게 노래를 불러 줄 것을 청했다. 계남은 주저 없이 노래를 부르기 시작했다.

"넓고 넓은 바닷가에 오막살이 집 한 채
늙은 애비 혼자 두고 영영 어디 가느냐.
내 사랑아 내 사랑아 나의 사랑 클레멘타인~"

현대적인 노래라고는 전혀 모를 것만 같았던 아버지가 노래하는 것을 처음 본 어린 자식들은 신기해하며 이 노래가 아버지의 유일한 18번 곡이라 생각했다. 아이들은 그렇게 아버지와 함께 노래를 부르며 집으로 향했다.

1969년 3월 새벽부터 가족들이 분주했다. 덕이를 학교에 보내기 위해서였다. 덕이는 광주여자중학교 1학년에 재학 중인 학생이었다. 학교에 가기 위해서는 새벽 4시에 일어나 준비를 해야 했다. 당시 능주에서 광주로 가는 새벽녘 교통수단은 기차가 유일했는데 그날은 덕이가 기차를 놓치고 말았다. 전날 밤 늦게까지 공부를 하다가 새벽에 늦잠을 잤기 때문이었다.

계남은 덕이를 화순역까지 바래다주기 위해 함께 새벽길을 걸었다. 밤잠을 못 자고 일을 다녀 온 계남이었지만 덕이가 기차를 놓치는 날이면 어김없이 화순역까지 바래다주곤 했다. 화순역에 도착하고 잠시 쉬고 있을 때 광주로 가는 급행열차가 도착했다. 계남은 덕이가 기차 타는 것을 보고는 안심하고 뒤돌아 능주로 향했다.

집으로 돌아온 계남은 방으로 들어가 피리를 깎기 시작했다. 정녀는 방으로 들어오며 걱정 섞인 말을 했다.

"석이 아버지! 눈 좀 붙이시오. 오후에 또 일 나가야 하는디…."

계남은 잠을 청하는 대신 일 하러 가기 전 굿판에서 실수하지 않기 위해 사용할 악기를 점검하고 있었다.

다시 겨울이 찾아왔다. 계남은 일을 마치고 돌아오는 길에 시장 앞을 지나다가 어린 강아지 한 마리를 발견했다. 가까이 다가가자 복슬복슬 누런 털에 거뭇거뭇한 눈망울, 강아지는 물끄러미 바라보고 있던 계남을 반기며 이내 꼬리를 흔들었다. 이런 모습을 지켜보고 있던 강아지 주인은 계남에게 다가가며 말을 건넸다.

"다 팔리고 이 놈 하나 남았소. 싸게 줄 테니 가져가시오."

그렇게 한 식구가 된 강아지는 펄쩍펄쩍 마당을 뛰어다니며 재롱을 부렸고 식구들은 강아지 생김새를 따서 자연스럽게 이름을 '누렁이'라고 부르게 되었다.

여느 때처럼 산이는 강아지에게 눈이 팔려 학교가 끝이 나자마자 부리나케 집으로 달려와 산으로 들로 함께 뛰어다녔다.

▲ 수궁전

마을 화전놀이

1969년 음력 3월 3일, 화전놀이 가는 날이다. 화전놀이는 1년 중 마을의 공동체 행사로 매년 음력 삼월 삼짇날을 맞아 으레 행해졌다. 능주 화전놀이 장소로는 능주 밤나무골과 영벽정은 물론 남평 드들강까지 활용되었다. 드들강은 현재의 행정구역상 나주에 속해 있지만 과거에는 능주로 편입되어 있었던 시절이 있었다.

이날도 자주 찾았던 '밤나무골'이란 장소를 택했다. 밤나무골은 밤나무가 많아서 불린 지명으로 충신강 상류 강 한가운데에 섬처럼 자리 잡고 있었다. 그곳은 능주에서 10리나 떨어져 있었는데 그곳에 들어갈 때는 큰 돌이 놓인 징검다리를 건너가야만 했다.

이른 아침, 마을 사람들은 관영리 역전 삼거리로 모여들었다. 맨 앞에 계남의 새납 소리가 출발을 알리자 동네 걸궁패들이 걸궁을 치며 뒤를 따랐고, 그 뒤로 사내들은 짐을 가득 실은 지게를 지고 아낙네들은 장만한 음식을 머리에 이고 남녀노소 할 것 없이 늘어서서 뒤를 따랐다.

마을을 벗어나 오리정에 당도하자 유서 깊은 충신강이 한눈에 펼쳐졌다. 며칠 전 비가 와서인지 충신강 보 위로 물이 살짝 넘쳐 흐르고 있었다. 사람들은 치마, 바지를 걷어 올리고 발목까지 차

오른 물을 맨발로 걸었다. 아이들은 마냥 신이 났는지 물 위를 찰랑이며 이리저리 장난스럽게 뛰어다녔다. 밤나무골에 당도하려면 이 충신강 둑방길을 타고 거슬러 올라가야 했는데 둑방길은 길이 좁아 2열로 늘어서서 걸어야만 했다.

계남은 다시 맨 앞에서 새납을 불기 시작했다. 징, 장구, 꽹과리, 북잽이 등 걸궁패들이 덩달아 신명을 더했다. 사람들은 너울거리는 물결 따라 덩실덩실 춤을 추며 즐겁게 몸을 흔들며 걸어갔다.

사람들을 반기는 듯 둑방길에도 노란색 분홍색의 작은 꽃들이 산들바람에 춤을 추고 있었다.

'돈돌메'라는 작은 마을에 접어들자 밤나무골 섬이 눈앞에 펼쳐졌다. 사람들은 일렬로 늘어서서 밤나무골까지 놓여 있는 징검다리를 건너갔다. 밤나무골은 밤나무로 가득 채워져 있어서 자연 그늘로 인한 휴식공간으로 적합한 장소였다. 밤나무골에 들어가니 빼곡한 나뭇잎 사이로 햇빛이 내리 비추고 있었다.

각 마을 사람들은 이고 지고 온 물건들을 하나둘씩 풀어 헤치더니 채알을 치는 데 분주했고 아낙네들은 음식준비에 여념이 없었다. 아이들은 여기저기 놀이에 정신이 팔려 있고 한쪽에서는 벌써 씨름판을 벌이는가 하면 또 한쪽에서는 윷놀이와 줄타기를 하며 웃음잔치가 벌어지고 있었다.

"조 선생! 우리도 구적놀이[41] 한판 벌입시다."

누군가가 계남에게 다가와 청하더니 계남은 새납을 꺼내 들고

---

41) 엇모리, 휘모리 장단으로 이루어진 흥겨운 장단놀이.

불기 시작했다.

　이렇게 구적놀이로 흥겨운 하루를 보내고 있을 즈음, 또 한쪽에서는 강물에 투망을 던져 물고기를 잡아 올리고 있었다. 호기심이 발동한 산이는 행여나 방해가 될세라 그곳으로 천천히 다가갔다. 언젠가 산이는 아버지의 들그물로 잡던 기억과 웅이 형를 따라 냇가에서 어항으로 물고기를 잡아 봤던 기억밖에 없었는데, 투망을 던져 한꺼번에 물고기를 건져 올리는 모습이 무척 신기하기만 했다. 물고기를 잡아 올린 아저씨는 한 마리를 덥석 손에 쥐고는 항아리 속의 고추장에 물고기를 넣어 묻히더니 퍼득이는 물고기를 순식간에 입 속으로 집어넣었다. 꼬리를 흔들며 산 채로 입속으로 들어가는 물고기를 본 산이의 눈에는 아저씨들이 영락없이 인정사정없는 산적 떼들이었다. 하지만 한편으로 대단하게도 보였다. 아저씨는 물끄러미 쳐다보고 있던 산이를 향해 물었다.

　"너도 한 입 먹어 볼래?"

　아저씨는 퍼득이는 작은 물고기를 고추장에 찍어 산이에게 건넸다. 산이는 싫다는 반응을 보였다.

　"이렇게 큰 것을 어떻게 먹어요?"

　"사내대장부가 이런 것도 먹고 그래야지."

　"조금… 작은 것으로 주시오."

　아저씨는 투박한 손으로 파닥이는 물고기를 고추장에 살짝 바르더니 산이의 입에 가져다 댔다. 물고기가 불쌍해 보였지만 산이는 애써 용기를 내어 눈을 찔끔 감고 입을 벌렸다. 매운맛을 느낄 틈도 없이 물고기는 입속으로 미끄러져 들어갔고, 옆에 있던 아저씨들도 대단하다며 박수를 치면서 칭찬을 아끼지 않았다. 산이는 맵다는 핑계를 대며 입을 오므린 채 그대로 달아났다. 그리고는 입에서 몰래 내뱉은 물고기를 손에 쥐고 물가로 달려가 물에다 던져 주었다.

다행히 물고기는 살랑살랑 몸부림하더니 금세 헤엄치며 사라졌다.

▲ 영벽정 : 예술인들이 풍류를 즐기던 공간

구적놀이

어느 날 산이의 눈에 다래끼[42]가 생겨나기 시작했다. 하루가 다르게 눈이 팅팅 부어올라 가렵고 앞이 잘 안 보일 정도였다. 정녀는 이른 아침 산이를 데리고 초등학교 앞에 있는 자신의 밭으로 데려갔다. 밭은 변씨 부인과 정녀가 고추, 마늘, 깨 등 각종 채소를 소일거리로 일구던 곳이다. 주위 울타리에는 탱자나무와 무궁화나무로 둘러쳐져 있고 그 사이로 찔레나무가 듬성듬성 자라고 있었다.

정녀는 동쪽으로 뻗은 찔레나무 가지 하나를 정성껏 골라 가장 가운데 줄기를 잡고 줄기 끝에 붙어 있는 작은 가시 하나를 떼어 냈다. 그리고 그 가시로 산이의 눈 언덕 부어오른 부분에 갖다 대고 손 비비는 말을 구송했다.

"동방 각시네야 동방 각시네야, 우리 산이…."

정녀는 그렇게 산이를 위해 한참을 빌었다. 다 빌고 난 정녀는 가시를 떼어 낸 줄기를 찾아 떼어 낸 그 자리에 다시 갖다 붙여 놓았다. 금방 떨어질 것만 같았던 가시는 신기하게도 떨어지지 않고 감쪽같이 잘 붙어 있었다.

---

42) 속눈썹 부분에 부스럼으로 부어오르는 질병.

한편 계남과 도화는 환갑잔치, 결혼식 등 여러 행사 때면 빠지지 않고 삼현(음악)을 치러 다녔다.

하루는 관영리 장터 비료가게 사장이 계남을 찾아왔다. 사장은 행사가 있을 때마다 새납을 부는 계남을 먼저 찾곤 했다.

그는 며칠 후 영벽정에서 잔치를 벌이기로 했다며 삼현을 쳐 줄 것을 부탁했다. 잔칫날 계남은 조카인 도화와 함께 영벽정을 찾았다. 이때 계남의 셋째 아들과 도화의 막내아들도 따라 나섰다.

계남은 새납, 피리와 징을, 도화는 장구를 메고 이날도 신명나도록 음악을 쳤다.

어린 자식들의 눈에도 계남과 도화의 음악 치는 솜씨는 환상의 콤비였다. 한쪽에서는 영벽정을 찾은 동네 아이들이 봉지에 들어 있는 설탕을 꺼내 먹느라 여념이 없었다. 두 아이도 호기심에 손가락으로 설탕을 찍어 먹어 보았다. 아주 달콤했다. 이윽고 원이는 너무 많이 먹었는지 배가 슬슬 아파 오기 시작했다. 하지만 음악을 치고 계신 아버지를 일이 끝날 때까지 꾹 참고 기다려야만 했다.

행사는 마지막 구적놀이로 흥겹게 마무리되었다. 비료가게 사장은 수고비로 계남에게 돈을 건넸다. 계남은 돈봉투를 받아 보더니 너무 액수가 많은 것을 확인하고 다시 봉투에서 돈을 꺼내 사장에게 건네주었다.

"음식 하는 데 재료값이 많이 들어갔을 텐디, 이거라도 좀 보태시오."

그 장면을 본 도화는 불만스러웠는지 계남에게 따져 물었다.

"삼춘! 왜 받은 돈을 도로 주고 그래?"

"음식 장만하느라 돈도 많이 쓰고… 애썼지 않은가."

'인사치레는 해야 한다.'라며 조카를 달랬다.

"삼춘은 그냥 챙기고 봐야지. 왜, 그런 걸 따지고 그래. 참."

결국, 계남과 도화 사이에 말다툼이 벌어졌다. 그 이후로 둘은 며칠 동안 말을 않고 지내다가 얼마 못 가서 언제 다퉜냐는 듯 다시 함께 음악을 치러 다녔다. 그렇게 계남과 도화는 떼려야 뗄 수 없는 평생 동지였다.

어느 여름날, 학교에서 받아쓰기 시험을 치르고 집에 돌아온 산이는 가방을 마루에다 팽개치고 친구네 집에 놀러 다녀온다며 부리나케 나갔다. 가방을 발견한 정녀는 가방을 방 안으로 들여놓다가 우연히 산이의 시험지를 보게 되었다. 시험지를 본 정녀는 화가 치밀어 올랐다. 한참 만에 집에 돌아온 산이는 마루에 앉아 계시는 어머니의 표정에 긴장이 되었다. 아니나 다를까, 마루에 시험지 한 장과 회초리가 놓여 있었다. 정녀는 산이에게 이유도 묻지 않고 종아리를 걷으라고 하더니, 연거푸 다섯 대를 때렸다. 어머니에게 처음으로 맞아 본 산이는 어찌나 아프고 억울하던지 참지 못하고 끝내 울음을 터뜨렸다. 그때 정녀는 다가가 산이를 꼭 안아 주었다. 한바탕 울고 난 산이는 무심코 흔들리는 이를 손으로 만져 보았다. 옆에 있던 정녀는 왜 그러냐며 물었고 산이는 며칠째 이가 흔들린다고 말했다.

정녀는 이를 만져 보더니 서랍에서 실패를 꺼내 왔다. 그런 다음 하얀 실을 길게 끊어 내어 흔들리는 산이의 이에 걸어 놓고 손으로 이를 감는가 싶더니 다른 한 손으로 산이의 이마를 '툭' 하고 밀쳐냈다. 순식간의 일이라 통증은 온데간데없고 잇몸에 바람이 들듯이 시원하면서도 허전한 느낌이 들었다. 실에 묶인 하얀 이가 방바닥에 나뒹굴었다. 산이는 신기한 듯 자신의 이를 몇 번이나 만져 보았다.

정녀는 산이를 데리고 마당으로 나가 세 번을 외치라며 선창을 했다.

"까치야 까치야. 헌 이 주께 새 이 다오."

산이도 어머니가 시키는 대로 지붕 위를 바라보고 삼세번을 외쳤다.

"까치야 까치야. 헌 이 주께 새 이 다오."

그리고 뽑힌 이를 지붕 위로 힘껏 내던졌다.

'새 이를 준다니 기다려 보는 수밖에….'

반신반의했던 산이는 헌 이를 버리기가 못내 아쉬웠는지 이가 버려진 지붕 위만 쳐다보고 있었다. 초가지붕 위에는 박꽃이 활짝 피어 있고 그 사이로 옹기종기 크고 작은 박들이 정답게 열려 있었다.

며칠 뒤, 누나와 형은 지붕 위의 노랗게 익은 박을 하나씩 땄다. 누나는 사다리를 대고 지붕 위로 올라가 박을 땄고 형은 밑에서 누나가 따준 박을 받아 마당으로 조심히 내려놓았다. 박은 참 탐스러웠다.

가을이 오면 계남은 감나무에 걸려 있는 감을 따서 서울 큰댁, 작은댁으로 보내기 위해 바빴고, 저녁이 되면 정녀의 다듬이 두드리는 소리가 귀뚜라미 우는 소리에 어우러져 정겨움을 더했다. 산이도 해 보겠다며 어머니의 방망이를 뺏어 들고 두들겨 보지만 마음대로 되지 않았다.

1969년 11월 산이가 오한[43]이 들었다. 몸은 춥고 머리는 망치로 치는 듯 아파 왔다. 정녀는 일어나 산이의 머리를 만져 보더니 열이 심하다며 걱정을 했다. 정녀는 부엌으로 들어가 생된장과 맹물이 든 대접을 준비하여 산이가 누워 있는 방으로 갖고 들어갔다. 된장을 대접물에 담그고 약지 손가락으로 휘저어 물에 풀더니 마시라며 산이에게 건넸다. 사경을 헤매고 있던 산이는 무심코 된장물을 마셨다. 순간 토할 정도로 비위가 돌았다. 얼마 지나지 않아 산이의 몸은 점점 열이 올라왔고 온몸이 땀으로 범벅이 되었다. 땀을 흘리고 나니 다 나은 것처럼 몸은 날아갈 것만 같이 가벼웠다. 산이가 된장물을 한 대접 더 마시겠다고 청하자 정녀는 빙긋이 웃으며 일러 주었다.

"과하면 독이 되는 법이다. 잠 한숨 푹 자고 일어나거라."

정녀는 산이에게 이불을 덮어 주고 밖으로 나갔다.

1969년 12월 계남의 큰아들이 대학을 졸업하고 본격적인 사회생활로 접어들어 독립하게 되었다. 계남은 둘째 아들 웅이와

---

43) 감기 증상으로 몸이 춥고 떨리는 증상.

첫째 딸 덕이를 큰아들이 사는 서울로 딸려서 올려 보냈다. 세 형제는 서울 답십리 판자촌에서 얼마 동안 살다가 옥수동 달동네 사글셋방으로 이사해 본격적인 서울살이를 시작했다.

이화여고를 다니던 덕이가 1학년이 끝나 갈 무렵 같은 반 학생들이 불우한 이웃을 도운다며 덕이에게 줄 모금운동을 벌였다. 이 사실을 알게 된 덕이는 친구들의 모금운동을 사양했다. 얼마 후 친구들은 또다시 쌀을 사 들고 동네 앞까지 찾아오는 일이 벌어졌다. 자존심이 강했던 덕이는 단호히 거절하고 다른 이웃들을 도와주라며 친구들을 돌려보냈다.

며칠 후 군산에 살고 있던 고모 복인이가 서울 조카들의 사는 모습이 궁금했는지 옥수동 달동네를 찾았다.

상언은 여식으로 수진이, 날진이, 복인이, 삼녀를 두었다. 이 세 여식은 모두 소리를 하다가 시집을 갔는데 그 중 복인이는 씻김굿 소리에 좀 더 조예가 있었다. 하지만 군산으로 시집을 간 후 전국을 돌아다니며 옷 장사를 했고 말년에는 군산에서 후학들에게 씻김굿을 가르치기도 했다.

군산 복인이는 당시 여러 가지 옷을 팔러 다녔어도 삶이 그리 넉넉한 형편은 아니었다. 인정이 많았던 복인이는 서울에 올라온 김에 조카들의 얼굴이나 보고 가고 싶었다.

쪽지에 적어 놓은 주소를 가지고 물어물어 찾아 올라간 곳은 대문도 없이 허름하기 짝이 없는 판잣집이었다. 좁은 마당으로 들어가니 인기척은 들리지 않고 덩그러니 문 하나 달린 방이 있었다. 다들 학교에 가고 아무도 없었는지 방 안에는 이불 몇 가지와 작고 낡은 책상 하나가 놓여 있었다.

'어떻게 이 좁은 방에서 살 수 있는 건지….'

복인이는 조카들의 삶을 보고 연신 눈물을 훔쳤다. 각종 살림살이를 살피다가 쌀독에 쌀이 바닥난 것을 확인하고 연탄 100장과 쌀 한 말(18kg)을 사다 놓고 옥수동 달동네를 내려왔다.

▲ 조계남이 말년에 사용했던 새납(태평소)

산소 가는 길

　어느 날 아침 산이는 한실마을로 굿하러 가시는 부모님을 따라 나섰다. 오늘은 영혼들끼리 결혼을 시키는 저승혼사굿이 예정되어 있었다. 아버지는 열심히 허수아비를 만들며 굿 준비에 여념이 없었고 어머니는 안방에서 상을 차리고 있는 주인댁을 거들고 계셨다.

　저녁 무렵, 걸판진 굿판이 벌어졌다. 동네 사람들이 굿을 구경하기 위해 몰려들었다. 와서 밥도 먹고 떡도 먹고 고기도 먹고, 씻김굿은 한참 계속되었고 어느덧 '손대'[44]를 잡는 시간이 되었다. 아무나 나와서 손대를 잡아 보라는 말과 함께 동네 사람들은 서로 눈치를 보다가 한 동네 아주머니가 손대를 잡겠다며 썩 나섰다.

　징소리가 울리기 시작하자 아주머니는 잡은 손대를 사정없이 흔들어댔다. 접신이 된 아주머니는 당가집 죽은 남편이 실렸는지 설움 짙게 울더니 뒤안으로 달려가 자신이 쓰던 물건이라며 톱과 망치를 들고 애착을 보이는가 하면 낫을 찾아내기도 했다가 찾은 괭이로 땅을 파기도 하고 벽장을 뒤져 낚싯대를 찾아내기도 했다.

---

44) 신이 내린다는 작은 대나무 가지.

구경꾼들은 하나같이 '와~' 하고 탄성을 질렀다. 호기심이 발동한 또 다른 동네 아주머니가 손대를 잡겠다고 나섰다. 접신이 된 아주머니는 옆에 구경하고 있던 건장한 동네 사내의 머리채를 잡더니 소리를 지르며 죽일 듯이 달려들었다. 이 여자 혼신은 같은 동네 사는 건장한 사내를 못 잊고 죽은 혼신이었다. 그렇게 굿은 구경꾼들을 울고 웃게 만들었다. 굿은 막바지로 치달았고 당가집의 몸이 아픈 아주머니를 마당에 쭈그려 앉혀 놓고 박 바가지를 머리에 덮어씌운 채 예리한 부엌칼로 바가지를 두드리며 잡귀 잡신을 물리치는 구송을 하다가 대문 가까이 가서 박 바가지를 '바삭' 소리가 나도록 돌에다 내리치며 깨뜨렸다.

새벽이 되어서야 대나무를 들고 집 안 구석구석을 다니며 액운을 털어 내는가 싶더니 대문 앞에서 낫으로 대를 꺾어 단숨에 쳐내는 대신맥이가 이어졌고, 갖가지 영혼들의 옷을 사르며 차려진 음식을 집밖으로 가지고 나가 객귀를 풀어먹이는 내용으로 굿은 마무리되었다. 이렇게 굿은 끝이 나고, 산이는 아버지 어머니와 함께 서서히 동이 트고 있는 신작로를 걸어 능주로 향했다.

1970년 3월 산이가 초등학교에 입학했다. 산이는 친구들 앞에서 그동안 어른들로부터 보아 왔던 곱사춤을 보이는가 하면 재미있어 하는 친구들을 위해 웃긴 행동들을 보이곤 했다. 그래서인지 몰라도 유독 친구들에게 인기가 많았고 친구들은 산이에게 '까불이'란 별명을 붙여 불렀다.

추석날 계남은 산이를 데리고 할아버지(조영서) 산소를 찾아갔다. 능주에서 30분 이상 버스를 타고 도착한 곳은 청풍면 소재지였다. 내려서 걷고 또 걸으며 골짜기로 한없이 들어갔다.

"아부지! 산소가 어딘디 왜 이리 멀다요?"

자꾸만 투덜대는 산이를 향해 계남은 빙긋이 웃으며 말했다.

"오냐, 다 왔다."

그렇게 걷기가 지겨울 때면 계남이 흥타령 한 소절을 불러 주면 산이도 흥얼흥얼 따라 불렀다. 한참을 걷다가 또 한 모롱이를 지나고 두 모롱이를 지나도 할아버지 산소는 좀처럼 나타나지 않았다.

어린 산이에게는 처음 찾아가는 길인지라 멀고도 힘이 든 여정이었다. 진밭마을에 들어가니 마을은 이미 불에 타 없어지고 집 하나가 덩그러니 놓여 있었다. 계남은 다 왔다며 산이를 안심시키고 감나무가 있는 집 마당을 가로질러 뒤안으로 돌아 학봉이란 야산을 올라갔다. 얼마나 올라갔을까. 산 정상 가까이 올라가니, 작은 언덕바지에 아담한 산소 한 봉이 외롭게 자리하고 있었다. 바로 앞에는 망부석처럼 보이는 바윗돌이 놓여 있었다. 아버지는 산소 앞에 술 한 잔을 올린 다음 품안에서 담배 한 개비를 태워 올리며 고했다.

"할아버님, 우리에게 많은 재주를 물려주신 덕택에 총생들이 이렇게 일도 끊이질 않고 배 굶는 일이 없이 잘 살고 있습니다. 늘 고맙습니다."

아버지는 유바탕 할아버지 산소에 갔을 때도 이렇게 고하곤 하셨다.

산이는 아버지에게 할아버지가 왜 이렇게 먼 곳까지 와서 그것도 산 정상 가까이 묻히게 되었는지 이유를 물었다. 아버지는 다 사연이 있는 게 아니냐며 할아버지가 직접 봐 두신 산소 자리라고만 일러 주셨다. 산이의 눈에는 어떤 사연인지 아버지는 알고 계신 듯 보였다.

추석 이틀째 되던 날, 계남은 부인과 자식들을 데리고 '유바탕'에 모셔진 부모님 산소에 성묘하기 위해 집을 나섰다. 이때 도화와 사차도 계남 부부와 동행했다. 도화와 사차는 계남의 대소사 일에는 내 집 일처럼 빠지는 일이 없었다. 도화는 걷다가 행화에 관한 궤변 얘기를 꺼냈다.

"행화가 머다요?"

궁금했던 산이가 물었다. 도화는 '돈'이라고 일러 주었다. 산이는 더 궁금했다.

"왜 돈을 돈이라고 하지. 행화라고 해요?"

뒤에 오던 정녀가 '궤변'이라고 일러 주었다.

"궤변이 머다요?"

"우리 동간들만 쓰는 우리네 말이어."

앞서 가던 사차가 물었다.

"산이야, 너 같은 아이를 보고 하는 궤변이 뭔 줄 아냐?"

"모르지요."

"자동이란다."

산이는 "자동, 자동……." 하면서 알 수 없다는 표정을 짓자 정녀는 "너 같은 어린 애를 동자라고 헌께, 꺼꿀로 해 봐라." 하고 귀

뜀을 해 주었다. 산이는 그때서야 이해하고 웃음을 지었다. 도화
는 재미있어 하는 산이에게 궤변을 계속 늘어놓았다.

"돼지는 서구, 우리 같지 않고 재주가 없는 모실집 사람을 비개
비, 줄여서 개비라 허고. 밥은 서삼, 서삼집 개를 서구, 닭은 춘
이…."

한참 궤변을 늘어놓던 도화는 산이에게 장난을 걸었다.

"구성이 뭔 줄 아느냐?"

"……."

산이는 알 턱이 없었다.

"니가 감나무 밑 합수물에 빠졌던 그 똥이다. 똥."

이 말에 모두 웃음보를 터트렸다. 순간 산이는 지난날이 떠올
라 얼굴이 빨개졌다. 봄날 아버지가 감나무 밑을 파고 거름 대용
으로 똥, 오줌물 등 오물이 섞인 합수를 퍼다 놓았는데 형과 장난
을 치다가 그만 그곳에 빠진 경험이 있었기 때문이다.

얼마 동안 걷다가 도화가 산이에게 말을 건넸다.

"우리 같은 사람을 산이라고 한단다."

"우리 같은 사람이오? 산이?"

"그래 우리같이 굳이 안 배워도 어디 가서 소리 잘허고 춤도 잘
추고 기구[45]도 잘 다루고…."

나중에 안 사실이지만 '산이'란 세습으로 물려받은 소리 춤 악
기 등 가무악의 기예가 뛰어난 사람을 일컫는 말이었다.

"산이, 산이~"

---

45) 악기.

산이는 영문도 모른 채 듣기에 좋다며 '산이 산이' 몇 번을 되뇌더니 알 수 없는 노랫가락을 불러댔다.

"카하하! 그걸 노래로 불러 대네. 재주가 좋은 넘이시,"

도화의 말에 조용히 걷고 있던 계남은 '우리는 궤변을 알아도 쓰지 않는다'고 했다. 우리만 알아들을 수 있는 말은 자칫 당가집에게 오해를 살 수 있으니 되도록 사용을 하지 말자는 뜻에서였다.

산소에 도착한 계남은 산소 앞에 술을 따르고 담배 한 개비씩 태워 올린 다음, 그 앞에 앉아 자신도 담배 한 개비를 꺼내 물었다. 모락모락 담배 연기가 계남의 어깨를 타고 올라갔다. 그렇게 모두 앉아 먼 풍경을 바라보고 있을 때, 한 소리를 잘했던 사차가 막대기로 장단을 두드리며 구성진 노랫가락 한 대목을 불렀다. 애잔한 노랫가락이 산이의 가슴을 파고들었다. 흔들리는 갈대 사이로 저 멀리 기적을 울리며 기차가 지나갔다. 계남은 짧은 단가 소리로 화답을 했다.

"남한산성 지화문은 허유 허유 넘어가니~"

계남의 소리가 끝이 나자 사차의 흥타령 한 대목이 분위기를 더 애달프게 했다. 소리가 끝난 후, 우리네 삶에 대한 얘기는 다 하지 못해도 이심전심으로 서로 알음이 있어서인지 유바탕 길을 굽이돌아 내려오는 내내 아무 말이 없었다. 멀리 해는 서쪽산을 넘어 기울고 있었다.

▲ 조계남은 작고 직전 집안 어른들의 기일을 적어 놓고
자손의 대를 잇고 할 일을 다했음을 선대에 고했다.

가을 운동회

1970년 가을, 산이가 입학한 능주초등학교에서 첫 가을 운동회가 열렸다. 남녀 학생들이 짝을 지어 단체로 율동하는 시간, 멀리서 새납 소리가 웅장하게 울려 퍼졌다. 운동회에 참석한 사람들은 소리 나는 쪽으로 고개를 돌렸다. 멀리 구령대에 올라앉아 양복을 입고 새납을 부는 사람의 모습이 눈에 들어왔다. 가까이서 율동을 하던 친구가 산이에게 다가와 귀띔을 해왔다.

"산이야, 니 아부지어야."

순간 산이는 어리둥절했다.

'내 아버지라니, 아버지는 집에 계실텐디….'

산이는 친구들에게까지 단골 자식이라고 소문날까 봐 내심 걱정이 들었다. 하지만 율동을 하면서 '왜 내가 이렇게까지 창피해하지?'라며 자신에게 반문했다. 아버지의 새납 소리에 율동이 끝나자, 친구들은 산이에게 달려오며 말했다.

"산이야, 니 아버지, 끝내 주드라."

"니 아부지 진짜 멋있다."

하지만 산이는 친구들의 얘기가 그다지 달갑지만은 않았다. 아버지로 인해서 단골네 자식이라고 주목받는 느낌이 들었기 때문이다.

집에 돌아온 산이는 어머니에게 오늘 학교에서 있었던 일을 꺼냈다. 어머니는 아무 말씀이 없었고 아버지는 방문을 연 채 피리를 손질하고 계셨다.

얼마 지나지 않아 집에 손님이 찾아왔다. 산이는 궁금했다.

"엄마, 누구시다요?"

"오냐, 니도 알 텐디. 서울 막둥이 삼춘이라고…."

이분은 몇 년 전 서울로 올라가 활동하고 있었던 가야금병창 명인 정달영(정재국)이었다.

"어서 들어가서 인사드려라."

산이는 안방으로 들어가서 달영에게 큰절을 올렸다. 많이 컸다며 반갑게 맞아 주는 달영은 계남을 향해 말했다.

"성님! 국민학교 다 마치믄 산이는 내가 데려갈라요. 약속 잊은 거 아니재라우?"

순간 산이는 당황했다.

'부모님과 친구들을 떠나 서울살이를 해야 한다고?'

산이는 이 불편한 상황을 벗어나고 싶었다.

"나, 안 갈라요"

달영은 이유를 물었고, 산이는 아직은 시골에 있고 싶다고 대답했다. 계남도 말을 거들며 좀 더 생각해 보자고 했다. 자손이 없었던 달영은 산이를 크게 성공시킬 테니 염려 말라며 초등학교만 졸업하면 서울로 데려가 제자로 키우겠다고 과거에도 여러 차례 자신의 입장을 밝혀왔다. 그러나 계남은 내심 산이를 서울로 보내고 싶은 마음이 없었다.

당시 계남은 무업과 농사일을 겸하고 있었다. 어느 토요일, 산이는 학교 갔다 집에 일찍 돌아왔다. 마당에는 짚단이 한가득 쌓여 있었고 계남은 지붕 위로 올라가 초집을 이고 있었다. 몇 시간 후 계남은 마당으로 내려와 땀을 뻘뻘 흘리며 담벼락 위에 올릴 영을 엮었다. 산이는 아버지를 유심히 바라보다가 자신도 따라 엮어 보고 싶었다.

"아부지, 나도 해 보고 싶소."

"그래? 오냐, 이리 오니라."

아버지를 따라 열심히 엮어보지만 산이에게는 아직 버거운 일이었다. 계남은 웃으며 말했다.

"넌 새끼줄부터 꽈 봐라. 자, 이렇게 요렇게."

계남은 새끼 꼬는 시범을 보였고 산이도 노력해 보지만, 울퉁불퉁 새끼줄 모양새가 영 엉망이었다. 계남은 미소를 지으며 칭찬을 아끼지 않았다.

"오냐, 그래도 처음치고는 잘 꼰 것이다."

그러면서 산이가 꼰 새끼줄을 자신이 꽈 놓은 새끼줄 위에 살포시 올려놓았다.

"아부지, 내 새끼줄이 엉망인디 그냥 쓸라고 허시오?"

"오냐, 니가 꼰 한 자가 내가 꼰 열 자보다 더 낫다."

산이는 '더 낫다.'라는 아버지의 말에 기분이 흐뭇했다. 얼마 후 앞마당에 상이 차려졌다.

"아부지, 웬 상이다요?"

산이의 질문에 계남은 말했다.

"초집을 이었어도 도신[46]하는 법이다."

계남은 그날도 어김없이 농사일을 마무리하고 오후에는 짬이
났는지 깔[47]을 베러 유바탕에 올랐다. 깔을 다 베어 놓고 품에서
피리를 꺼내 든 계남은 해가 넘어가는 줄 모르고 피리연습에 열
중했다. 날이 어두워지자 산이가 아래쪽에서 계남을 부르며 올라
왔다.
"아부지, 엄마가 오시라 허요"
"오냐 핑 내려가자."
계남은 산이를 데리고 산에서 내려왔다.

1970년 란이가 능주극장에서 열리는 콩쿠르 노래자랑에 나가
는 날이었다. 잠정리 마을 대표로 선발된 란이는 흰 드레스를 입
고 무대에 올랐다. 란이는 예선에서 이미자 노래인 '기러기 아빠'
를 불렀다. 관객들은 모두들 눈물바다가 되었다. 무사히 본선에
오른 란이는 역시 이미자의 노래 '섬마을 선생님'을 불렀다. 많은
사람들로부터 박수갈채를 받고 결국 우수상을 수상했다.
콩쿠르대회가 끝이 나고 집에 돌아온 란이는 부상으로 타온 냄
비를 어머니에게 건넸다. 정녀는 귀한 물건을 타 왔다며 란이에
게 칭찬을 아끼지 않았다. 잠시 후, 모르는 한 사내가 계남의 집
안으로 불쑥 들어오더니 란이를 서울로 데려가 노래를 시키고 싶

---

46) 빈다는 뜻.
47) 아궁이에 불을 지피기 위해서 땔감으로 사용한 마른 억새 풀. 전라도 방언.

다는 의사를 전했다. 놀란 계남과 정녀는 아직 어리다며 거절하고 말았다. 꿈이 많았던 란이는 가수가 되는 꿈을 버리지 못하고 늘 무대 위에서 노래 부르는 자신의 모습을 상상했다.

▲ 조계남의 뒷모습, 지역으로부터 공로장을 받고 있다.

계남의 피리 소리

계남은 쉬는 날이면 악기를 만들거나 손질하였고 피리, 젓대 부는 일이 일상이었다. 계남의 집은 길갓집이어서 안방에서 연주 하는데도 악기 소리가 대문 밖까지 새어 나갔다. 동네 사람들과 모르는 행인들은 악기 소리를 듣고 집으로 들어와 좁은 아랫마루 에 걸터앉아 무심코 듣다가 돌아가곤 했고 어떤 행인은 마루에 앉아 한참을 듣다가 잘 들었다며 선물을 놓고 가기도 했다.

어느 날 허름한 옷차림에 정신이 온전하지 못하다고 소문난 동 네 젊은 청년도 종종 계남의 집으로 들어와 아랫마루에 걸터앉아 계남의 젓대 소리를 듣고 가곤 했다. 그런데 어느 때부터인가 그 청년은 보이질 않았다. 수개월이 지나서야 그는 쌀 한 포대를 들 고 찾아왔다.

"그동안 소리를 듣고 마음의 위안이 많이 되었소. 그냥 지나치 면 도리가 아닌 듯해서… 성의니 이것이라도 받아 주십시오."

계남은 산이를 시켜 술을 받아 오게 하고 청년을 안방으로 들 였다.

무슨 말이 오갔는지 청년은 하직 인사를 하는 사람처럼 계남에 게 감사의 큰절을 하고는 길을 떠났다. 계남은 집 밖으로 나가 청 년을 배웅하고 청년의 모습이 사라질 때까지 한참을 서 있었다.

나중에 안 사실이지만 고아로 자랐던 청년은 삶이 어려워 죽을까 하고 몇 번을 마음먹었는데 계남의 피리 소리를 듣고 큰 위로를 받아 공장에 취직하게 되었고 부산으로 떠나기 전 계남에게 감사의 인사를 전하러 들렀던 것이다.

1970년 겨울, 서울에서 학교생활을 하고 있던 웅이가 방학을 맞이해 시골집을 찾았다. 산이는 형에게 훌쩍 커 버린 누렁이 자랑을 늘어놓았다. 산이는 누렁이 등에 올라타려고 이리저리 비틀거리며 애를 썼다. 간신히 중심을 잡고 타는 데 성공이라도 하면 누렁이는 귀찮았는지 그 자리에 풀썩 주저앉고 말았다. 좀처럼 누렁이 등에 올라탈 수가 없었다. 이런 모습을 지켜보고 있던 웅이가 물었다.

"너는 왜 강아지를 그렇게 못 살게 구냐?"

"응, 이제 다 컸응께 누렁이 타고 학교 다닐라고."

"하하하, 산이야, 그 누렁이한테 잡아먹히지나 말아라."

"……."

"알았다. 내가 서울 가면 말 한 필 사다 주마."

신이 난 산이는 생기가 돌았다. 정녀는 며칠째 싱글벙글 기분이 들떠 있던 산이에게 그 이유를 물었다. 하지만 산이는 어머니가 반대할 것을 염려하여 당분간 비밀에 부쳐두기로 했다. 산이는 숙제를 하다 말고 혼자 말을 타고 달리는 상상을 했다. 친구들과 동네 사람들이 말을 탄 자신을 부러워하는 눈빛으로 올려다볼 것을 생각하니 웃음이 절로 나왔다.

한편 계남은 밭에 거름을 주고 마루에 걸터앉았다. 눈치 빠른 누렁이는 담배곽을 찾아 입에 물고 계남에게 들이밀었다. 계남은 받아 든 담배를 다 태우고 방으로 들어가 어김없이 피리를 불었다. 악기소리에 지나가는 행인들은 대문 안으로 들어와 구경을 하다가도 누렁이의 짖는 소리에 다시 돌아 나가는 사례가 빈번했다.

그러던 어느 장날, 화순 동면에 살고 있던 행인이 누렁이를 데려가겠다는 의사를 전달했다. 계남은 집안에 손님이나 행인들이 자주 드나드는 곳인데 행여 손님이라도 오게 되는 날에는 어김없이 짖어대는 누렁이의 모습이 달갑지만은 않았다. 결국 계남은 사냥용으로만 키우겠다는 행인의 다짐을 받고 그 행인에게 누렁이를 보내게 되었다.

며칠이 지났을까. 어느 날 정녀는 부엌에서 아침식사를 준비하고 있었다. 팔려간 누렁이가 집 안으로 슬그머니 들어오더니 토방에 풀썩 엎드리고 앉았다. 얼마 지나지 않아 계남이 방문을 열고 밖으로 나오다가 쭈그리고 앉아 있던 누렁이를 발견하곤 깜짝 놀랐다. 시궁창에서 빠져 나온 것처럼 흙먼지를 뒤집어 쓴 채 40리 길을 찾아온 누렁이, 그것도 몰골이 심상치 않은 누렁이 때문이다. 목에는 이빨로 물어뜯었는지 두껍고도 질긴 목줄이 너저분하게 끊겨 있었다. 무슨 일이 있었던 것일까.

계남은 누렁이의 목줄을 풀고 먹을 것을 건네주었다. 배가 고팠는지 누렁이는 금세 밥그릇을 비웠다.

며칠이 지난 후, 누렁이를 데려갔던 그 행인이 다시 계남의 집

을 찾았다. 행인은 누렁이를 보자마자 목줄을 매고 데려가려고
마당으로 끌어냈다. 이때 밖에서 들어오던 계남은 행인에게 사정
얘기를 전했다.

"누렁이 값은 더 쳐 드릴 테니 저희 집에서 키우게 해 주시오."

그리하여 누렁이는 오랫동안 계남의 집에서 길러졌다.

▲ 조계남이 악기 만들 때 사용한 연장

일상의 음악 활동

계남은 공휴일이 되면 자식들을 데려다 춤, 소리, 장단을 가르쳤다. 어린 자식들은 영문도 모른 채 따라 배웠고, 그런 자식들을 보며 흡족해했다. 하지만 상언이 그랬던 것처럼 계남 역시 커 가는 자식들에게 자신의 기예를 가르치는 일이 올바른 것인지에 대한 갈등이 많았다. 자식들이 음악을 익히다 보면 자신의 대를 잇는 무속인이 되어 또다시 사람들로부터 손가락질을 당하지 않을까 걱정이 앞섰기 때문이다.

그 후부터 계남은 산이에게 가끔 북, 장구를 가르치기만 할 뿐 다른 자식들에게는 더 이상 강요하지 않았다. 그는 어린 자식들일지라도 단골의 굴레에서 벗어나 안정된 삶을 살아가길 원했다. 그래서 자식들을 일찍 서울로 올려 보내 고등학교, 대학교를 마치게 했다.

그럼에도 불구하고 계남의 집에는 피리, 젓대 소리가 끊이질 않았다. 그가 안사차, 조동선, 조도화, 조양금을 자주 집으로 초대하여 음악 활동을 펼쳤기 때문에 자식들은 자연스럽게 음악을 접할 수밖에 없었다. 나중에 풀어먹든 그렇지 않든 자식들이 음악을 듣고 자란 것만으로 계남은 충분하다고 생각했다.

계남은 추석날에도 친인척들을 불러 놓고 어김없이 음악활동을 이어 갔다. 어느 추석날 친인척들은 분주히 성묘를 마치고 오후 시간이 되자 계남의 집으로 모여들었다.

계남은 마당에 멍석을 깔아 놓고 장기자랑 시간을 가졌다. 어린 자녀들을 모아 놓고 춤과 노래, 악기, 이야깃거리 등 각자 배웠거나 가지고 있는 솜씨를 자랑하는 흥겨운 시간이었다.

원이와 산이는 차례로 아버지에게 배웠던 소리와 장단 솜씨를 자랑했고 다른 아이들도 꽹과리, 징, 장구, 리코더, 하모니카 등 다양한 악기를 들고 나와 기량을 뽐냈다. 장기자랑이 끝나자 아이들의 긴장된 표정 사이로 어른들의 심사평이 이어졌고 순위가 정해졌다. 1등은 공책 1권, 2등은 연필뿐이었지만 그 순간만큼은 왠지 모를 긴장감이 가득했다.

날은 금세 어두워지고, 이제 어른들의 차례로 안사차, 조계남, 박정녀, 조양금, 조도화 순으로 소리가 시작되었다. 사차가 징을 잡으며 우리 집안끼리 이런 자리를 오래오래 갖자는 이야기를 노래로 풀어 불렀다. 이어받은 계남은 장구를 치며 신청에 관한 이야기를 노래로 풀어 부르며 화답했다. 그렇게 소리를 주고받던 중 어느새 추석 밤은 깊어만 갔다.

늦가을이 되면 계남은 겨울 대비를 위해 군불용 땔감을 하러 유바탕에 자주 올랐다. 유바탕은 예로부터 아버지인 상언과 소리 공부하는 사람들이 자주 찾았던 추억의 장소였으며, 유언에 따라 부모님 묘소를 안장한 곳이기도 했다. 계남은 마음이 적적할 때마다 이곳을 찾았다.

이날도 그는 유바탕에 올라 한바탕 소리 공부를 하고 품 속에서 피리를 꺼내 들었다.

"뛧 뛰~"

산속에서 피리를 불며 열공하는 계남의 모습은 살기 위한 몸부림이자 삶 그 자체였다.

▲ 좌측 박정녀와 우측 안사차가 오구굿을 하는 모습. 죽은 자가 생전에 풀지 못한 원한이나 욕구를 풀어 주고 모든 죄업을 씻어 주며 천도하기를 기원하는 의식이다.

어머니의 비방법

1971년 원이와 산이는 옆집 아이들과 마당에서 신나게 놀고 있었다. 힘이 장사였던 원이는 모래 더미 위에서 산이를 번쩍 들어 모래 위로 내던졌다. 산이는 미끄러지면서 예기치 않게 왼쪽 얼굴이 큰 돌에 긁히고 말았다. 당황한 원이는 어머니 몰래 옆집으로 산이를 데리고 가 빨간 약을 발라 주며 당부했다.

"이거 바르면 며칠 후에 금방 나을 것이여… 엄니한테는 절대 말하지 말기다."

빨간 약물이 묻은 형의 손바닥이 산이의 얼굴을 적셨다. 얼굴 전체가 쓰라리고 아려 왔다. 상처 부위를 붕대로 덮은 후 노출시키지 않으려고 투명 테이프로 붕대를 고정시켰다.

응급처치를 당한 산이는 슬그머니 집으로 들어갔다. 마침 마당에 계시는 어머니를 발견하고는 들킬세라 어머니 등 뒤로 살금살금 걸어가는데 어머니는 무엇인가를 서서 쳐다보고 계셨다. 고개를 돌려 보니 마당 한 가운데에 꽃뱀이 똬리를 튼 채 혀를 내두르고 있는 것이었다. 뱀을 보게 된 산이는 찌푸린 얼굴로 물었다.

"엄마, 저 뱀이 어디서 나왔다요?"

대답 대신 정녀는 산이에게 부엌의 찬장에서 김치가 담긴 사기 그릇을 꺼내 오라고 일렀다. 산이는 재빨리 사기그릇을 가져와

어머니에게 건넸다. 얼마 지나지 않아 뱀은 밭쪽으로 가더니 옆
집 땅속으로 다시 기어들어 갔다. 정녀는 뱀이 들어가는 길목에
반찬 그릇을 내 던져 깨뜨렸다. 이것이 뱀이 다시 나오지 말라는
비방이라는 말도 덧붙였다.

"니, 얼굴이 왜 그 모양이냐?"

이윽고 정녀가 산이의 얼굴을 보며 놀라 물었다.

"넘어져서 그랬어라우~"

산이의 얼굴을 살피던 정녀는 한쪽 얼굴 전체가 붕대로 덮여
있는 모습이 수상쩍어 보였다.

"아이고, 엄마를 바보로 아네."

정녀는 투명 테이프를 하나하나 떼고는 걱정스런 표정을 짓더
니 더 이상 묻지 않았다. 뒤늦게 집에 들어온 원이는 머뭇거리다
가 동생이 안되어 보였는지 이실직고를 했다.

"성, 얘기하지 말람서 얘기를 해 부냐?"

원이는 동생의 말에 씩 웃고 만다.

다음 날 정녀는 산이를 약국으로 데려가 치료를 받게 했다. 집
에 돌아와 저녁밥을 먹을 때였다. 군대 갔던 둘째 아들 웅이가 군
에서 전역을 하고 고향집으로 돌아왔다. 계남은 고향에서 한동안
생활하던 웅이를 데리고 서울로 올라가 종로 5가 한 한옥집을 찾
아갔다. 그 집에는 가야금, 거문고 등 여러 악기가 방 안에 비치
되어 있었다.

계남과 웅이는 젊은 여인의 안내를 받으며 안방으로 들어갔다.
방에는 팔십 가까이 되어 보이는 노인 한 분이 누워 있었다. 부인

인 듯한 여인은 누워 있는 노인을 간호하고 있었다. 노인은 계남과 친분이 있었던 사이처럼 보였다.

"어떻게 여기까지 왔는가?"

노인은 계남을 보더니 반갑게 맞이했다. 계남은 둘째 아들 웅이를 소개하면서 아쟁을 가르쳐 달라고 부탁했다. 계남이 아쟁을 처음 접하게 된 것은 능주의 '김용철' 때문이다. 언젠가 용철은 아쟁을 가져와서 계남에게 보여 준 적이 있었다.

"작은아버지, 이것이 아쟁이라고 허는 건디요. 들어 보실라요?"

"음, 이런 기구도 있었구나." 용철의 아쟁 켜는 소리를 듣던 계남은 흡족해했던 적이 있었다. 이를 계기로 웅이에게 아쟁을 가르쳐 볼 생각으로 노인을 찾은 것이었다. 그런데 노인은 자신의 몸도 못 가눌 형편이라며 자신의 처지를 한탄했다.

1971년 눈이 많이 쌓인 한겨울이었다. 계남 부부는 평상시처럼 화순 사평으로 일을 나갔다. 버스를 타고 돌아오다 동복재 내리막 길에서 그만 버스가 미끄러지고 말았다. 아찔한 낭떠러지로 미끄러지던 버스는 다행히 대나무밭에 대롱대롱 걸려 타고 있던 사람들과 계남 부부는 구사일생으로 살아 집으로 돌아올 수 있었다.

아버지의 득그물⁴⁸⁾

1972년 2월 이화여고를 졸업한 덕이는 서울시 공무원 시험에 합격했다. 이 소식을 전해 들은 계남은 너무 기쁜 나머지 집 안에 심어져 있는 감나무 밑에서 감격의 눈물을 흘렸다. 덕이는 서울 원호청으로 발령이 났고 그곳에서 직장생활을 시작했다.

그해 여름, 어느 토요일이었다. 초등학교에 다니던 산이가 학교를 마치고 집에 돌아왔다. 계남은 마당에서 그물을 짜고 있었다.

"아버지, 고기 잡으러 가실라고요?"

계남은 빙긋이 웃으며 말했다.

"산이야, 이것이 뭣인 줄 아느냐? 득그물이라는 것인디, 방법을 잊어버릴까 봐서 오랜만에 짜 보는 것이다."

산이는 아버지의 그물 짜는 모습을 신기한 듯 물끄러미 바라보았다.

"너도 이리 와서 짜 봐라."

산이는 아버지가 시키는 대로 열심히 그물을 짜 보았지만 뜻대로 잘 되질 않았다. 마침 학교에서 돌아온 원이가 자신이 그물을 짜 보겠다며 나섰다. 원이와 산이는 호기심이 발동하여 몇 번씩

---

48) 들어 올려 물고기를 한꺼번에 잡는 그물. 들그물의 전라도 방언.

번갈아 가며 그물을 짰다. 시간이 갈수록 이내 싫증이 났다. 아버지는 빠른 손놀림으로 그물을 완성하고, 완성한 그물을 양쪽으로 펼친 다음 마른 대나무를 매달아 '득그물'을 완성했다.

"아버지는 어디서 그물 짜는 법을 배웠당가요?"

"할아버지한테 배웠재."

계남은 만든 득그물을 들쳐 매고 두 아들과 함께 종질내라는 냇가로 나갔다. 양쪽으로 대나무를 박아 놓고 그물에 진흙과 된장이 섞인 떡밥을 발라 위장을 했다. 그리고 한동안 물속에 그물을 펼쳐 놓았다. 이윽고 때가 되자 계남은 그물을 들어 올렸다. 그물 안에는 햇빛에 반사되어 파닥이는 은빛 물고기들이 한가득 들어 있었다. 계남은 물고기가 너무 작다며 강물에 모두 던져 주었다. 아이들은 더위를 식히려고 물장구치며 해 가는 줄 모르고 놀았다.

다시 토요일이 돌아왔다. 산이는 집에 돌아온 형과 함께 아버지가 만들어 주신 득그물을 챙겼다. 큰 냇가로 빨래하러 가시는 엄마와 누나를 따라가기 위해서였다. 엄마는 빨래가 한가득 담긴 빨래통을 이고, 다슬기를 잡겠다는 누나는 작은 봉다리와 주전자를 들고, 원이와 산이는 쪽대를 번갈아 메고 며칠 전에 아버지와 고기를 잡고 놀았던 종질냇가를 지나 큰 냇가로 향했다. 쨍쨍 내리쬐는 초여름 날씨 속에 우리는 즐겁게 논길을 걸어갔다.

햇빛 가득 안은 풀냄새, 바람에 흐늘거리는 수양버들, 논두렁 길을 따라 노란 민들레꽃들이 우리를 반기는 듯 활짝 피어 있었다. 산이는 노래를 흥얼거리면서 뒤따라 걸어오는 형을 놀려 주고 싶었다. 풀을 엮어 놓고 뒤에서 오는 형이 발목에 걸려 넘어지기만을 기다렸다. 마침내 원이는 넘어지고 약이 올랐는지 산이에게 복수를 하기 위해 풀을 몰래 엮어 놓았다. 하지만 이번에는 누나가 대신 넘어지고 말았다. 그러나 누나는 아랑곳하지 않은 채 엄마 곁을 벗어나지 않았다.

냇가에 도착하자 냇물이 우리를 기다렸다는 듯 넘실댔다. 아주머니들은 여기저기서 빨래를 하고 아이들은 물장구를 치며 놀고 있었다.

해는 조금씩 기울고 강가의 오후 풍경은 한가롭기만 한데 엄마의 빨래를 빠는 손놀림은 더욱 바빠졌다. 나와 형은 누가 먼저랄 것도 없이 풍덩 풍덩 물에 몸을 담그고 가져온 득그물을 들고 고기를 잡느라 열심이었다.

함박조개를 들어 올리며 자랑하던 누나는 어느새 다슬기를 잡아 엄마에게 건네주었다. 엄마는 너무 작다며 살려 주라 하시고, 형과 나는 텀벙텀벙 땅을 짚고 헤엄치며 수영연습에 여념이 없었다.

"깊은 물에 들어가지 말아라."

한사코 염려하시는 엄마로 인해 나와 형은 마지못해 얕은 물가에서 고무신과 수건으로 작은 물고기를 떠올리며 시간 가는 줄 모르고 놀았다.

해는 저물어 가고 빨래하는 아주머니들은 하나둘씩 사라지는 늦은 오후가 되었다. 누나는 엄마 곁에서 바쁘게 빨래를 거들고, 큰 빨래통 안에는 어느새 빨래가 수북이 쌓였다. 기우뚱하며 무거운 빨래를 한가득 머리에 이는 엄마는 천하장사 못지않았다.

　모두 자리에서 일어나자 시원한 바람이 불어왔다. 우리는 노을 빛 일렁이는 냇물을 뒤로하고 아롱지는 물결 따라 엄마의 뒤를 따르며 집으로 향했다.

기남의 임종

1972년 산이가 초등학교 3학년이 되었을 때의 일이다. 계남은 산이를 앉혀 놓고 피리 부는 법을 가르치고 있었다. 산이는 궁금했다.

"아부지가 항상 부시는 피리 가락은 그냥 지어 부르시는 것이오?"

"아니다. 이것이 시냉우[49]라고 하는 것인디 혼신을 달래주는 가락이다."

'시냉우, 시냉우….' 하고 중얼거리는 산이의 호기심이 계남을 자극했는지 계남은 산이에게 피리 만드는 법을 세세히 가르쳐 주었다.

피리 서를 만들기 위해 신호대 토막을 물에 담가 놓았다가 칼로 깎고 그것을 밥솥에다 쪄서 정성껏 구리선을 감는 방법까지 열의를 다해 가르치던 중 서울에서 전보가 날아왔다. 서울에 사는 기남 형님이 위독하다는 내용이었다.

서둘러 서울로 올라간 계남은 병석에 누워 있던 기남과 마주했다. 기남은 간신히 계남을 알아보고 손을 잡더니 고개를 몇 번 끄덕이고는 숨을 거뒀다. 기남은 물 한 모금 못 마시고 "동생, 언제 오느냐?"라며 계남만을 기다리며 일주일째 눈을 감지 못했다고 했다.

---

49) 시나위.

194

산이의 주먹다짐

1973년 어느 토요일 봄날, 어느새 산이가 초등학교 4학년이 되었다. 학생들은 운동장에 모여 매일 아침 시행하는 아침 체조를 하기 위해 율동 음악을 기다리고 있었다. 잠시 후 교장 선생님이 나오자 학생들은 웅성거리기 시작했다. 교장선생님의 뒤로 양복 입은 한 사람이 따라 나왔기 때문이다.

산이는 멀리 보이기는 했지만 아버지인 줄 대번에 알아차릴 수 있었다. 아버지는 구령대 위로 올라가시더니 미리 깔아 놓은 멍석 위에 양복 윗도리를 벗어 놓고 하얀 와이셔츠 차림으로 앉아 새납을 꺼내들었다.

잠시 후 율동 음악이 흘러나왔고 아버지는 율동 음악 선율에 맞춰 들고 있던 새납을 불기 시작했다. 지금 생각해 보면 당시 아버지는 태평소를 율동 음악에 맞춰 연주할 정도로 태평소 연주 실력이 대단했던 것 같다. 그렇게 얼마 동안 아침체조 시간만 되면 아버지의 태평소 가락이 흘러나왔다.

그 모습을 본 산이의 같은 반 친구 관이가 "단골네! 단골네!" 하며 산이를 놀려 댔다. 산이는 이 '단골네'란 친구의 말이 욕보다 더 치욕스럽게 들려왔다. 도저히 참을 수 없었던 산이는 도망치는 관이를 교실 안까지 쫓아갔다. 가까스로 관이의 뒷덜미를 잡은 순간, 수업 시작종이 울리고 말았다. 분이 가시지 않았던 산이는 관이에게 선전포고를 했다.

"너, 수업 끝나고 운동장으로 나와 나랑 한판 붙자."

관이도 좋다며 흔쾌히 받아들였다.

마침내 1교시 수업이 끝나고 산이와 관이는 말없이 운동장으로 나갔다. 어느새 소문이 퍼졌는지 구경하려는 친구들도 하나둘씩 모여들어 스탠드를 가득 메웠다. 산이는 두 주먹을 불끈 쥐고 자세를 잡았다. 관이도 따라 두 주먹을 올리며 싸울 태세를 취했다.

능주에서는 유명한 싸움꾼으로 소문난 한수라는 아저씨가 있었다. 산이는 문득 그 아저씨가 일러 준 말이 떠올랐다.

"싸움에서 이기는 법은 무조건 기선제압이여!"

착한 친구 관이었지만 오늘만은 봐 줄 수가 없었다. 당시 싸움에는 우리들만의 규칙이 있었다. 하나는 낭심과 얼굴은 때리지 않는 것이고, 또 하나는 몸싸움을 하지 않는 것이었다.

드디어 싸움은 시작되었다. 몇 번을 서로 치고받고를 하는데 산이의 셋째 형 원이와 관이의 형이 스탠드 위에 올라앉아 서로 자기 동생을 응원하고 있었다. 둘은 개인의 싸움이 아니라 이미 가문의 싸움으로 번져 버렸다.

산이는 있는 힘을 다해 관이의 다리를 걸어찼다. 관이는 산이의 몸을 걸어차려다 넘어졌다. 관이가 다시 일어나자 둘은 주먹으로 난타전을 벌였다. 갑자기 관이의 형이 내려와 싸움을 말리기 시작했다. 관이의 코에서 피가 흐르고 있었기 때문이다. 다시 수업 시작종이 울렸다. 관이의 형은 관이를 화장실로 데려가 코

피를 씻겨 주고 휴지로 코를 막아 주었다. 산이는 관이에게 미안한 마음이 들었다.

집에 돌아온 원이는 산이에게 대견하다는 표정을 지었다.

"너 참 잘 싸우드라."

산이는 관이에게 미안한 마음이 들어 기분이 썩 좋지 않았다. 산이는 다음 날 학교에 가서 관이에게 사과해야겠다고 생각했다.

▲ 칠성불

구렁이 출현

1977년 어느 봄날 동네 아주머니가 황급히 대문 안으로 들어왔다.

"웅이 엄니! 웅이 엄니!"

정녀는 빨래를 하다 말고 마당으로 나갔다.

"무슨 일인가?"

"큰일 났소. 빨리 같이 가 봅시다."

정녀는 대문 밖으로 아주머니를 따라 나갔다. 동네 사람들이 웅성웅성 모여 있었다. 사람들을 헤집고 들어가 보니 낮은 담장 위에 큰 황구렁이가 길게 늘어져 있었다. 놀란 정녀는 눈을 의심하며 자세히 살펴보았다. 한눈에 봐도 예사롭지 않은 구렁이었다. 밝은 황갈색을 띠고 있는 몸 빛깔, 붉은 닭 벼슬을 한 머리 모양, 그 모습은 가히 신비스럽기까지 했다. 정녀는 구렁이를 향해 고했다.

"왜 이곳까지 나오셨소. 부디 노여움을 푸시오."

정녀는 구렁이에게 제자리로 돌아갈 것을 부탁하며 연신 빌었다. 한참을 빌다 보니 구렁이는 온데간데없이 사라졌다.

그 후 3일째가 되던 날. 새벽녘에 옆집 방앗간에서 불길이 무섭게 솟아올랐다.

'업이 나가더니 이런 재앙이 생겼구나.'

정녀는 혼잣말로 중얼거렸다. 온 동네 사람들이 물을 끼얹으며 분주히 움직였지만, 방앗간은 완전히 복구할 수 없을 정도로 소실되고 말았다.

1979년 계남의 모친인 정흥의 제사가 있던 날, 집안에서는 분주히 제사 음식을 장만하고 있었다. 계남과 도화가 마루에 앉아 홍어 한 접시를 먹고 있을 즈음 도화는 밖에서 놀다 들어오던 산이에게 장난을 걸고 싶었다.

"산이야, 이리 와 봐라. 사내대장부는 이것도 먹을 줄 알아야 하는 것이여."

도화는 맨 손으로 길게 늘어진 수상한 것을 집어 산이에게 건넸다.

"이것이 뭣인디오?"

"그냥 입에 넣어 봐라. 맛있어야~ 아~"

도화는 입을 벌리는 산이에게 길게 늘어진 홍어 내장을 입 속에 넣어 주었다. 미끄러지며 들어가는 기분이 영 찜찜했지만, 아버지뻘 같은 형님의 권유에 용기를 내어 무심코 씹었다. 순간, 입안에서 고약한 맛이 폭발하듯 뿜어져 나왔다.

"으악!" 산이는 홍어를 내뱉으며 물었다.

"이것이 뭣이다요?"

"잉. 삭힌 홍어 내장이어야. 맛이 어쩌냐?"

산이는 자신을 놀리며 웃고 있는 형님이 얄미웠다. 그 후부터 그는 홍어를 한동안 먹지 못했다.

오후가 되자 계남은 밤을 치기 시작했다. 산이는 자신도 해 보겠다며 작은 부엌칼을 들고 나섰다. 밤을 치고 있던 계남은 제사 때 밤은 반드시 쳐서 올리는 것이라며 밤 치는 요령을 알려 주었다.

다음날, 독일 사람들과 민속학자 일행들이 계남의 집을 찾았다. "선생님 '한국의 미'란 프로그램에 소개된 바 있어서 이렇게 찾아 왔습니다."

이들은 능주씻김굿에 관련한 내용을 파악하기 위해서였다. 계남과 정녀는 먼 곳까지 발걸음한 일행들에게 서운하게 하면 안될 것 같아 성실히 인터뷰에 응했다.

"판을 살 때, 친인척간에도 돈을 주고 사고팔고 그래요."

민속학자들의 질문이 이어졌다. "그럼 씻김굿은 언제 시작해서 언제 끝납니까?"

"보통 초저녁에 시작해서 다음날 낮에 끝이 나지요. 근디 삼설령굿 같은 경우는 이틀간 꼬박 채우는 경우도 있지요."

또 다른 학자는 계남의 답변이 끝나기 무섭게 질문을 했다. "그럼 몇 사람이 들어가 일을 하신가요?"

"괴인(악사)들 같은 경우 보통 여섯 명씩 교대로 들어가지요. 모두 밤을 새고 헌께. 그런께 하는 말이 있어요. 씻김굿을 세 번 허믄 기둥뿌리가 안 남어난다고…."

답변이 계속되는 사이, 한 민속학자가 계남의 피리가락을 녹취하고 인터뷰를 진행했다. 인터뷰를 마친 일행들은 씻김굿 현장을 따라 다니기 위해 능주 여인숙이란 숙소를 잡아 며칠을 묵기로 했다. 한가한 오후 시간, 계남을 찾은 민속학자는 궁금했다.

"선생님, 이 새납 서는 무엇으로 만듭니까?"

계남은 악기에 대한 설명을 이어갔다. "서는 작은 갈대로 맹그는디, 밥솥에다 쪄서 만듭니다…."

이어서 일행들은 계남의 태평소가락을 청했고, 계남은 산이의 굿거리와 자진모리 가락에 맞춰 태평소를 연주했다. 일행들은 신이 났는지 하나 같이 일어나 태평소 가락에 맞춰 너울너울 춤을 추었다. 모두 화기애애한 분위기속에 한 민속학자가 탄복을 하며 계남에게 말을 건넸다.

"선생님! 이 가락은 선생님 개인 가락입니까. 아니면 옛부터 내려오는 능주가락입니까?"

계남은 미소 띤 얼굴로 답변했다.

"팽이야, 신청에서 배웠응께, 신청가락이지요."

이윽고 민속학자는 계남에게 허락을 구했다.

"그럼, 이 새납가락이 능주의 계남 선생님의 가락이나 마찬가지니 능계가락으로 이름을 붙일랍니다. 그래도 되겠지요?"

"아이고! 먼 이름까지 붙여 부른다요? 그럴 것까지는 없고요. 그냥, 편할 대로 부르면 되지요."

아버지의 존재

1979년 3월 고등학교에 입학한 산이에게 선도부 역할이 주어졌다. 산이는 선도부 깃대를 잡고 봉 돌리기를 시도하다 그만 깃봉을 시멘트에 부딪쳐 분지르고 말았다. 대장간 아저씨를 잘 알고 있었던 산이는 아저씨를 찾아가 부러진 깃봉을 땜질하고자 하였지만 깃봉은 땜질이 되지 않는 특수 금속이었다. 결국, 집으로 돌아온 산이가 걱정을 하고 있던 차에 밖에서 일을 마치고 돌아오신 아버지는 걱정 가득한 산이를 보며 조심히 말을 건넸다.

"걱정 마라, 나가서 때워 오마."

그러고는 곧장 깃봉을 들고 어디론가 나가셨다.

'동네에 가서 손 봐 오시려나….'

그러나 해가 지도록 아버지는 돌아오지 않았다. 산이는 아버지에게 괜한 고생을 시킨 것 같아 죄송스러웠다. 늦은 밤이 되어서야 돌아온 아버지는 동네에는 기술이 없어 남광주 시장까지 나가 고쳐 오느라 늦었다고 하셨다.

순간, 산이는 든든한 아버지의 존재를 처음으로 느꼈다.

1979년 4월 란이는 서울 영등포의 한 예식장에서 결혼식을 올렸다. 란이는 언제부터인가 학생이었던 산이에게 자신을 오랫동안 쫓아다니는 사내가 있다며 결혼 상대로 어떠한지 봐줄 것을 부탁했다. 그렇게 셋은 서울 영등포역 커피숍에서 함께 만났다. 처음 보게 된 산이의 눈에는 사내가 썩 마음에 들지 않았다. 사내가 화장실에 간 사이 란이는 산이에게 살짝 물었다.

"산이야, 어떠냐?"

"잘 모르겠네."

산이는 누나의 마음이 상할까 봐 조심스럽게 말했다.

"누나가 좋다면 어쩔 수 없지…."

사내와 란이는 같은 태평동 동사무소를 다니고 있었다. 그 후 란이는 그 사내를 데리고 부모님께 인사를 시키기 위해 고향집을 찾았다.

정녀는 란이에게 '사내의 인상이 좋지 않다.'며 다시 한번 더 생각해 볼 것을 주문하고 반대 의사를 밝혔다. 매사에 신중했던 계남은 의외로 딸의 의사를 존중했다.

"너를 좋아한다는 사람, 너무 마음 아프게 하면 안 되는 것이다." 그렇게 그해 봄, 두 사람은 결혼식을 올리고 단칸방에서 신혼살림을 시작했다. 얼마 지나지 않아 남자가 의처증세를 보였고 이 사실을 알게 된 란이는 누구에게도 말을 못한 채 아랫배가 불러오고 있었다. 란이는 산이를 볼 때마다 말했다.

"산이야, 배 속 아이 이름을 무엇으로 지은 줄 아냐?"

"어떤 이름으로 지었는디?"

"니 이름하고 비슷하게 석으로 지었다. 은석이." 하며 좋아했다.

란이는 배가 불러오는 상황에도 신랑에게 언행과 행동을 조심
해야 했다. 날이 갈수록 이 상황을 견디다 못했던 란이는 언니 덕
이를 찾아가 원정을 하기도 했다. 언니는 "참고 살아라."라며 제
부를 찾아가 타이르는 말 외에 해 줄 것이 없었다. 어진 성품에다
착하고 밝았던 란이는 갈수록 얼굴에 수심이 가득했다.

한편 한천농악의 노승대는 계남을 찾아와 자신이 '제1회 전국
농악경연대회'에 참가하게 되었다며 새납수 역할을 해줄 것을 부
탁했다. 그 후로 계남은 한천농악의 지정 새납수로 수년간 활동
했다. 하지만 계남은 밤낮으로 일을 하러 다녀야 하는 형편인지
라 농악에만 열중할 수 없었다. 그래서 노승대 일행을 능주로 불
러들여 새납수를 직접 가르치는가 하면 그 일행들에게 징, 장구,
꽹과리 등 타악 전반을 가르치고 지도했다. 이를 계기로 계남의
새납가락이 주목받으면서 전두환 전 대통령의 광주 방문 때 새납
수 역할을 하는 등 많은 이들이 1970년~1980년대에 거쳐 전라
도는 물론 서울 등 각 도처에서 그의 태평소 가락을 녹취해 가기
도 했다.

오래전부터 계남은 산이가 자신의 뒤를 이어줄 것을 학수 고대
하고 있었다. 산이가 어느정도 성장하자 계남은 오랫동안 마음
속에 담아 두었던 자신의 심경을 표현하기 시작했다. 그런 연유
에서였는지….
어느 토요일이었다. 산이는 학교 수업을 마치고 서둘러 집으로

돌아왔다. 'MBC 10대가수 가요제' 재방송 프로그램을 보기 위해서였다. 텔레비전이 있는 안방으로 들어간 산이는 여유롭게 텔레비전을 보고 있었다. 잠시 후 곁에 앉아 있던 계남이 일어나더니 텔레비전 쪽으로 다가가 말없이 전원을 꺼 버렸다. 산이는 아버지의 이런 행동이 처음에는 황당했다. 하지만 시간이 지날수록 불만으로 커져만 갔다.

얼마 후 도화가 방 안으로 들어오더니 산이에게 텔레비전을 켜 볼 것을 주문했다. 달갑지 않았던 산이는 시키는 대로 이리저리 채널을 돌렸다. 멈춘 채널에서는 「KBS 국악한마당」이 방영되고 있었다. 도화는 다른 곳에서 이 국악 프로그램을 보다가 당숙인 계남과 함께 보고 싶은 마음에 찾아온 것이다. 도화는 "오갑순이 나왔다."라며 좋아했고 계남은 산이에게 미안했는지 몇 번 헛기침을 하고는 밖으로 나가 버렸다.

한 주가 지나고 다시 토요일이 찾아왔다. 산이는 텔레비전을 보기 위해 부리나케 집으로 달려와 텔레비전을 켰다. 어김없이 「10대 가요제」가 방영되고 있었다. 원이와 산이는 방바닥에 배를 깔고 누운 채 발을 동동 굴리며 재미있게 보고 있을 무렵 또다시 계남은 안방으로 들어와 어김없이 텔레비전 전원을 꺼 버렸다. 계남이 텔레비전을 끈 이유는 딴따라 음악 말고 우리 전통음악에 관심을 가져 보라는 무언의 시위였다. 산이는 이러한 아버지의 행동이 얄미워 어머니에게 이르곤 했다.

저녁 시간이 되어 「수사반장」 프로그램을 보던 중 계남은 산이에게 물었다.

"주말의 영화는 언제 하냐?"

아버지는 다른 TV 프로그램에는 관심이 없었지만, 인디언들이 등장하거나 배우들이 말을 타고 달리며 싸우는 서부영화만은 무척 좋아하셨다. 그때부터 산이는 「주말의 영화」가 아버지와 함께 보는 유일한 프로가 되었고 주말 저녁이 되면 마음 놓고 텔레비전을 시청할 수 있었다.

광주항쟁

1980년 5월 5.18 광주항쟁이 일어났다. 당시 원이는 광주에서 대학을 다니고 있었다. 학교를 마치고 집으로 돌아오던 길, 도청 근처에서 학생인 듯 보이는 젊은 청년들이 누군가에게 쫓기듯 뛰며 지나갔다. 무심코 지나친 원이는 저만치 앞쪽에서 곤봉을 들고 달려오는 군인들을 발견했다. 상황을 인식한 원이는 놀라 반대편으로 도망치기 시작했다. 군인들은 계속 원이를 뒤쫓아 왔다. 골목길로 접어들어 있는 힘을 다해 뛰었지만, 군인 2명은 계속 원이에게 따라 붙었다.

막다른 골목에 다다르자, 지하다방 간판이 나타났다. 생각할 겨를도 없이 지하로 들어갔지만 셔터 문이 닫히고 있었다. 군인들한테 쫓기고 있으니 잠시 몸을 숨겨 달라고 부탁하는 원이의 목소리에 다방 여주인이 나오더니 재빠르게 셔터 문을 열어 주었다. 컴컴한 지하다방에는 몇몇 사람들이 몸을 숨기고 있었다. 그러나 군인들이 다방 셔터 문 앞까지 쫓아와 문을 마구 두드리자 결국 여주인은 문을 열어 줄 수밖에 없었다. 군인들은 여주인에게 물었다.

"방금 대학생 안 들어왔습니까?"

그러자 나이 지긋이 먹은 노인이 나서더니 곰방대로 군인의 화이바 모자를 두드리며 호통을 쳤다.

"이놈들아, 문 닫힌 것이 안 보이냐? 그런 일 없으니 썩 꺼져라!"

군인들은 노인을 위아래로 훑어보더니 곧장 다방 밖으로 뛰쳐나갔다.

그로부터 일주일 후 군인들은 군용트럭을 타고 젊은 대학생들을 색출하기 위해 능주 곳곳을 누볐다. 계남은 원이와 산이를 뒤안 짚단 속에 숨겨 놓고 무슨 일이 있어도 나오지 말 것을 당부했다. 얼마 후 군인들은 집안으로 들이닥치더니 부엌이고 방 안이고 샅샅이 뒤지기 시작했다. 마침내 뒤안으로 들어가 짚단을 총 끝의 칼빈으로 마구 쑤시더니 호루라기 소리에 집 밖으로 뛰쳐나갔다.

다음 날 오후 2시가 넘은 시각, 산이는 학교에서 수업을 듣다가 교감 선생님의 다급한 목소리에 정신이 번쩍 들었다.

"빨리 학생들 데리고 피해!"

선생들과 학생들은 학교 뒷산 보리밭으로 재빨리 몸을 숨겼다. 멀리 트럭으로 보이는 차량 3대가 먼지를 일으키며 운동장으로 들어왔다. 무장을 한 군인들은 트럭에서 재빨리 내려 한참 동안 학교를 살피는가 싶더니 다시 트럭에 올라탄 후 돌아갔다.

1980년 12월 겨울, 전두환은 대통령이 되어 광주를 방문하게 되었다. 능주면장이 계남을 찾아왔다. 광주에 대통령이 방문하는데 환영 행사에 나가 새납을 연주해 줄 것을 부탁했다. 달갑지 않았던 계남은 이를 단호히 거절했다.

하지만 그 이후로도 면사무소 직원들까지 동원되어 한밤중이고 새벽이고 시도 때도 없이 찾아와 대문을 두드리며 통사정을 했다. 할 수 없이 계남은 행사에 참석하여 새납을 연주하게 되었다.

어느 눈 내리는 날 저녁, 계남과 정녀는 원지리 마을로 일을 나갔다. 일이 끝나자마자 화순 준채네 집으로 일하러 가느라 바빠서 지척에 있는 능주집을 들르지 못하고 화순으로 곧장 향했다. 능주집에 있던 변씨는 집에 들르기로 한 계남 부부가 돌아오지 않는다며 걱정이 된 나머지, 산이를 데리고 그들을 찾아 나섰다. 그렇게 오후 느즈막한 시각, 원지리 마을로 향하는 변씨와 산이, 능주 지석강변 둑에 접어들었을 때 산이는 무심코 집 쪽으로 시선을 돌렸다. 갑자기 걸음을 멈춘 산이,

"큰엄마! 저것이 무엇이다요?"

걸음을 멈춘 변씨는 무심코 산이의 시선을 따라 쳐다보더니 놀란다. 하얀 혼불 두 개가 안산 위, 허공에 떠서 빙글 빙글 돌고 있었다.

"응, 저것은 혼불이라는 것이어."

"혼불?"

"그래, 또 누가 초상 치를 일이 있는갑다."

혼불은 그 자리에서 한참을 돌더니 멀리 사라졌다.

그렇게 마을에 도착한 변씨와 산이는 당가집을 조심스럽게 들어갔다. 굿은 이미 끝이 나고 음식상을 치우고 있었다. 변씨 부인

은 계남부부가 다시 화순으로 굿을 하러 갔다는 주인댁 말을 듣고 안심하며 집으로 돌아왔다.

산이의 진로 고민

1981년 산이는 고3이 되자 대학의 진로를 고민하게 되었다. 어느 날 계남은 피리서를 깎고 있었다. 산이는 피리서를 만들고 계신 아버지 옆에 앉아 만드는 것을 거들었다. 그런 산이에게 계남은 조심스럽게 물었다.

"젓대를 불어 볼 생각 없느냐? 지금은 하찮고 보잘것없어 보이지만 나중에는 크게 주목받게 될 것이다."

산이는 대뜸 반감이 들었다.

'아버지가 하신 것을 배우라고?'

내심 고리타분한 국악보다 현대 대중음악에 관심이 많았던 산이었다. 그래도 아버지의 말씀이니 부딪쳐 보기는 해야겠다고 생각하며 일요일, 광주공원을 찾았다. 공원 안에서 대금을 가르치는 전남대 교수가 있다는 정보를 미리 알았기 때문이다.

부슬부슬 비가 내리던 아침나절, 공원의 건물 안으로 들어서자 나지막한 대금 소리가 들려왔다. 열악한 방 안을 살펴보니 나이 지긋하게 보이는 한 사람이 기다란 대금을 불고 있었다. 방해가 되지는 않을까 하여 연주가 끝나기만을 기다렸다. 가냘프게 내리는 빗줄기가 더해져 혼자 대금을 불고 있는 모습이 몹시 처량해 보였다.

산이는 자신이 앞으로 만나게 될 삶의 모습을 그려 보았다. 자꾸만 실망감이 찾아오면서 여러 가지 복잡한 생각들이 오갔다. 산이는 다시 방 안을 들여다보았다. 대금 연주는 계속되고 있었다. 한 번 발을 들여놓은 길은 돌이킬 수 없을 것만 같은 생각에 산이는 자리에서 일어나 공원을 빠져나왔다. 돌아서면 자신이 다시 찾아올 수 없는 길이라는 것도 알고 있었던 산이는 가랑비 내리는 광주공원을 둘러보며 생각을 정리하는가 싶더니 어느덧 집으로 향하고 있었다.

집에 돌아온 산이, 조용히 아랫마루에 걸터앉았다. 여전히 아버지는 안방에서 젓대를 불고 계셨다. 산이는 그런 아버지를 물끄러미 바라보다가 집을 나와 초등학교 운동장을 한 바퀴 돌았다.
여전히 보슬비가 내리고 있었다. 다시 집으로 들어가자 계남은 마루에 앉아 산이를 기다리고 있었다. 산이가 먼저 말문을 열었다.
"아버지! 전통음악은 내가 하고 싶은 분야는 아닌 것 같으요."
갑자기 계남의 표정이 굳어졌다.
"산이야 전통이 뭣인지 아느냐?"
"……."
산이의 대답이 없자 계남은 이해를 시켜주고 싶었다.
"전통은 지키는 것이다. 니가 아직 어려 이해하기 힘들 것이다만. 니 윗대 할아버지도 그랬고 나도 그러고..."
평소에 말이 없던 계남이지만 오늘만은 마음속에 담아 둔 말을 꺼내며 산이를 깨우쳐 주고 싶었다. 그러나 전통음악의 미래에 대한 확신이 없는 상황에서 자식에게 억지로 권하는 것도 조심스러웠다. 자신의 기예를 대물림함으로서 자식들이 또다시 사회에서 인정받지 못하지나 않을까 하는 염려 때문이다.

　'오래전부터 아버지는 자신의 기예를 자식에게 물려주지 않으려고 노력했던 분인 줄 알았는데….'

　산이는 아버지의 본심이 아니었음을 알아차릴 수 있었다.

　산이는 마음이 복잡했다. 그 이후로 아버지는 산이에게 진로에 대한 얘기를 더 이상 꺼내지 않았다. 하지만 산이는 이때부터 아버지의 의중과 자신의 진로 사이에서 오랜 갈등을 하기 시작했다.

잃어버린 족보

　1982년 계남은 집안의 잃어버린 족보 찾기를 염원했다. 어느 날 계남은 집안의 가승[50]을 가지고 능주 남정리에 살고 있는 참사 영감을 찾아갔다.

　그 영감은 가승을 보더니 무턱대고 자리에서 일어나 계남에게 큰절을 올렸다. 당황한 계남은 엉겁결에 맞절을 하고 영감을 일으켜 세우며 물었다.

　"왜 이러십니까?"

　"높은 벼슬을 하신 할아버지들이 이렇게 많으신데 왜 이런 (무속)일을 굳이 하려 합니까."

　영감은 되레 계남에게 무업을 더 이상 하지 말 것을 권유했다. 그 후로도 참사 영감은 길을 가다 계남을 만날 때면 그에게 깍듯이 허리를 굽혀 인사했다.

　"할아버지들이 훌륭하신데 왜 이런 일을 계속 하십니까."

　한사코 무업을 하지 말 것을 권유했다. 이런 이유에서라도 계남은 자신의 잃어버린 족보를 반드시 되찾아야겠다고 다짐했다.

　집안의 족보가 소실된 이유는 계남의 사촌 형님뻘인 조정만이 집안의 족보가 화순의 창녕 조씨와 다르다는 이유로 족보를 소홀

50) 족보의 한 형태로 직계 조상의 내력을 기록한 책.

히 했기 때문이다.

당시 정만은 화순 창녕 조씨의 친구들과 만나 집안의 족보를 살펴보는 기회를 가졌다. 족보를 펼쳐 보니 다른 화순의 창녕 조씨 친구들의 족보는 모두 동일했지만, 집안의 족보와는 사뭇 달랐다. 윗대로 거슬러 올라가며 다시 한번 살펴보았지만 도무지 이해할 수 없었다. 그것은 4대 조부인 조동필이 무속인과 혼인했다는 이유로 문중에서 파문당하고 족보가 유명무실하여 가승으로만 존재해 왔던 영향이 컸다. 크게 실망한 채 집에 돌아온 정만은 아버지인 상범에게 따져 물었다.

"아버님, 왜 우리 집 족보가 틀립니까? 잘못된 것은 아닌지요?"

그렇게 정만은 뿌리 없는 자손이라고 속상해하며 홀로 기생집에서 술을 먹게 되었다. 술에 취한 정만은 술값이 떨어지자 술값 대신 술집에 족보를 맡기고 집으로 돌아왔다. 며칠 뒤 기생집을 찾았을 때는 이미 족보를 잃어버린 후였고, 그로부터 60여 년의 세월이 흘렀다.

마침 도화가 계남의 집을 찾았다. 도화는 담배를 문채 팔베개를 하고 마루에 누웠다. 계남은 도화에게 조심스럽게 얘기를 꺼냈다.

"조카, 족보를 다시 만들어야 하지 않겠는가?"

"삼춘, 이제 와서 만들어 뭐하게. 냅둬부러요."

"그것이 아니네. 족보가 없으면 밑에 총생들이 힘이 없단 말이시."

계남은 가승이 있어서 만드는 데 어렵지 않다며 설득을 했다. 하지만 도화는 삼촌이 만들든지 말든지 알아서 하라며 자신만은 빼 줄 것을 요청했다. 계남은 서운한 마음이 들었다.

사실 도화는 친형인 동선이 세상을 뜬 후 윗대 할아버지가 적어 전해 내려오던 집안의 내력이 적힌 이야기책을 불태워 버린 적이 있다. 당시 이를 안 계남은 상심이 너무 커서 한동안 도화를 보지 않으려고 마음먹었던 적도 있었다. '과거의 일을 생각해서, 미안한 마음에서라도 이번만큼은 자신의 뜻을 따라 주리라 생각했는데….' 계남은 도화의 이런 태도가 못내 서운했다. 할 수 없이 계남은 가까운 친척들에게 연락하여 족보를 함께 만들 것을 요청했다. 하지만 마음을 같이해 준 친척들은 아무도 없었다.

결국, 계남은 스스로 족보 만들기에 나섰다.

며칠 후, 문화재청 사람들과 민속학자 일행들이 계남의 집을 찾았다. 일행들은 씻김굿을 하는 집인지 확인하고 자료를 조사하기 위해 들른 것이다.

계남은 집안사람이 굿을 한다는 사실이 대외적으로 알려지는 것을 꺼려했다. 혹시라도 이 일로 서울에 살고 있는 조카들이 피해를 입지 않을까 염려되었기 때문이다.

"우리는 굿하는 사람들이 아니오."

계남은 애써 부인했다. 한 민속학자가 나서며 말했다.

"아이고 선생님! 저는 예전에도 며칠씩 능주 여인숙에서 묵고 왔다 갔었습니다. 저 기억나시죠? 이 분들을 어렵게 모셔왔으니 외면은 말아 주세요."

계남은 잠시 뜸을 들이더니 다시 말을 이어갔다.

"굿에 대해서는 모두 잊어불고 다른데 가서 여쭤보시오. 내가 기구는 좀 다룰 줄 안께, 기구에 관해서는 다 말씀 드리리다." 기구란 악기를 뜻한 것이었다.

다행이라고 생각한 민속학자 일행들은 굿에 대한 내용은 일체 얘기하지 않기로 하고 피리가락에 대해서 질문하기 시작했다. 계남의 답변이 계속되는 사이, 한 민속학자가 계남의 피리가락을 녹취하고 인터뷰를 진행했다.

한 민속학자는 계남에게 물었다.

"선생님의 스승은 누구세요? 몇 살 때부터 배우셨어요?"

"예, 처음에는 송문 씨한테 배웠고 다음에는 진석 씨… 오진석 씨한테 배웠지요." 또 계남은 일행들에게 운지법을 설명하다가 일행들의 요청으로 능주의 삼현가락을 연주했다.

란이의 유서

1983년 란이는 사내아이를 낳고 고향집으로 내려왔다. 어머니인 정녀는 일 나갈 때마다 란이의 손에 용돈을 쥐어 주며 말했다.

"혼자 있는 동안 굶지 말고, 뭐라도 먹고 싶은 것 사 먹어라."

란이는 어머니가 주신 용돈을 사용할 수 없었다. 원래 천성이 착하고 검소했지만 더 큰 이유는 어머니의 말을 귀담아듣지 않고 혼인을 했다는 죄책감과 고향으로 내려와 부모님께 걱정을 끼쳐 드린 점이 죄송스러웠기 때문이다. 란이는 받아 든 용돈을 자신의 방 이불 속에 차곡차곡 넣어 두었다. 어느 날 정녀는 딸 란이에게 물었다.

"이제 아이 아빠한테 가 봐야 하지 않겠냐?"

란이는 아무 대답이 없었다.

며칠 후 한 낮, 란이는 집을 나가 학샘을 거쳐 학교산 쪽으로 향하고 있었다. 밭에서 일하고 있던 옆집 아주머니(순옥 어머니)가 지나가는 란이에게 어딜 가느냐고 물었지만, 란이는 가볍게 목례만 할 뿐 말없이 산으로 올라갔다.

그 이후 란이는 실종되고 말았다. 하루가 지나고 이틀이 지나도 란이에 대한 소식이 없자 계남과 정녀는 모든 일상을 접고 란이를 찾아 나섰다. 서울로 올라갔을 것이란 생각에 서울에 살고 있던 둘째 아들 웅이를 앞세워 수녀원과 고아원을 돌며 백방으로 딸을 찾아 나섰다. 계남과 정녀는 끝내 란이를 찾지 못하고 웅이와 함께 보름 만에 능주로 내려왔다.

8월 25일, 계남과 정녀는 점심때가 되어서야 능주정류장에 도착했다. 때마침 마을 방송에서 다급한 목소리가 울려 퍼졌다. 학교 뒷산에서 변사체가 발견되었다는 내용이었다. 계남과 정녀는 가슴이 철렁 내려앉았다. 확인을 해 봐야겠기에 불안한 마음을 안고 학교산으로 올라갔다. 초췌한 모습의 란이는 집을 나갈 때의 옷차림 그대로 잔디밭에 싸늘히 누워 있었다.

그렇게 란이는 어머니의 반대를 무릅쓰고 사내를 잘못 만난 것에 대한 후회와 감당하기 힘든 정신적 고통을 이기지 못하고 극단적인 선택을 하고 말았다. 정녀는 딸을 방치한 죄책감에 딸의 시신 앞에서 가슴을 치며 미안하다고 통곡했다.

뒤늦게 안 사실이지만, 그로부터 얼마 전 란이는 담 너머 일하던 옆집 할머니에게 쥐약을 구하러 찾아갔었다.

"어디다 쓸라고?"

할머니의 물음에 란이는 담담하게 대답했다.

"집안에 쥐들이 많아서 쥐 잡으려고요."

할머니는 별 의심 없이 약을 건네주었다. 란이는 이때 이미 목숨을 끊기 위한 준비를 하고 있었던 것이다.

시신을 수습하고 집에 돌아온 정녀는 딸아이가 기거한 작은 방 안에 들어가 한동안 멍하니 앉아 있었다. 일어나 딸이 덮었던 이불을 꺼내려 하자 그 속에서 유서로 보이는 종이 한 장과 유서 위에 올려놓은 천 원짜리 지폐와 동전이 쏟아져 나왔다. 정녀가 일을 나갈 때마다 굶지 말고 뭐라도 사 먹으라고 준 용돈을 란이는 한 푼도 쓰지 않은 채 이불 속에 차곡차곡 모아 두었던 것이다.

정녀는 딸의 유서를 펼쳐 보았다.

아버지 어머니, 죄송합니다.

그동안 보살펴 주셔서 고맙습니다.

저는 먼저 갑니다.

석이는 잊을랍니다.

다음 생에는

아버지 어머니의 좋은 딸로 태어날게요.

아버지 어머니, 그동안 고마웠습니다.

죄송합니다.

정녀는 유서와 돈을 움켜쥔 채 한없이 울었다.

그렇게 란이가 세상을 뜨고 난 후, 계남은 딸을 잃은 슬픔에 평소보다 담배를 더 자주 피우기 시작했다.

용인 민속촌 방문

1983년 12월 군산에 사는 막내 여동생인 복인이와 소식이 끊긴 계남은 여동생을 찾아 나섰다. 군산에 가 보니 동생은 이미 세상을 뜨고 조카들만 만날 수 있었다. 조카들은 능주 집을 몇 번 왕래하더니 계남의 직업을 알고 난 후부터 더 이상 계남의 집을 찾아오지 않았고, 계남을 만나는 것도 꺼려했다.

1984년 초여름, 계남과 정녀는 딸을 잃었다는 죄책감에 모든 일상을 접고 능주를 떠나 상경했다. 계남 부부는 그곳에서 아들들의 안내를 받으며 용인 민속촌을 찾았다. 민속촌에 들어서자, 대장간 모습을 갖춘 초가집을 지나게 되었는데 대장간을 지키는 사람이 계남의 일행들에게 새납을 보여 주었다. 새납을 본 계남은 반가운 마음에 새납을 어루만졌다.

"아버지도 잘 부시잖아요."

둘째 아들 웅이가 태평소를 불어 줄 것을 권하자 계남은 거절하며 돌아섰다. 대장간 주인은 나서더니 불어 줄 것을 다시 요청했다. 망설이던 계남은 마지못해 새납을 들고 잠깐 부는가 싶더니 금방 내려놓았다. 주변에 있던 사람들이 새납소리를 듣고 어느새 계남 주위로 몰려드는가 싶더니 금방 흩어졌다.

따스한 햇볕을 받으며 민속촌을 둘러보던 계남은 한동안 생각에 잠겨 있었다. 어릴 적 신청에서 음악을 함께 공부했던 잊지 못할 어른들과의 추억이 떠올랐다. 그리고 얼굴에 수심이 가득했다. 지금껏 선대에서 물려받아 지켜온 음악적 신념을 자신의 대에서 끊게 될 것이란 생각에 후회와 근심으로 얼룩지고 있었기 때문이다.

　이런저런 여러 생각에 잠겨 있던 차, 웅이는 아버지에게 서울에서 함께 살 것을 청했다.

　"아버지! 이제 서울에 올라와서 사시죠. 제가 모실게요."

　"아니다. 니들은 니들 일들이 있으니 일대로 보고…,우리는 또 우리 일대로 할 일을 해야 쓴다."

　웅이가 궁금했는지 다시 물었다.

　"아버지! 그런데 왜 굿하러 가는 것을 일하러 간다고 표현하세요?"

　"늘상 하는 일이라 그런 것이고, 또 굿이란 말은 속된 말일수도 있지만은 우리네는 그 집안을 잘 되게 풀어 주러 가는 것이라 굿이라 않고 일이라 하는 것이다."

　아버지의 말을 듣던 웅이는 순간 망치로 뒤통수를 맞은 듯 머리가 번뜩였다.

　'아, 아버지가 이런 신념을 갖고 계셨구나….'

　계남은 자신이 해 오던 일을 멈출 수 없었고 결국 보름 만에 고향집으로 내려왔다. 그리고 계남 부부는 다시 밤낮으로 굿판을 넘나들었다.

어느 날 정녀는 힘든 몸을 이끌고 저녁 늦게 다른 마을로 손비비러 나갔다. 새벽녘이 되어서야 당가집 아주머니가 정녀를 부축이며 집으로 들어왔다. 아주머니는 산이를 향해 말했다.

"어머니가 일을 하시다가 사람을 못 알아보고 횡설수설해서 집으로 모셔 왔네."

사실 정녀는 며칠째 잠을 못 자고 밤낮으로 일을 나가고 있었다. 정녀는 집에 오자마자 말했다.

"여기가 어디요? 당신은 누구요?"

정녀는 집 식구들 누구도 알아보지 못했다. 순간 겁이 났던 산이는 어머니의 정신을 돌아오게 하기 위해 얼굴에 찬물을 적시기도 하고 뺨을 때려 보지만, 좀처럼 어머니의 정신은 돌아오지 않았다. 잠을 못 자서 그럴 것이라는 변씨 큰어머니의 말에 결국, 산이는 어머니를 방에 눕히고 편히 잠을 재워 드렸다. 아침에 일어난 산이는 무심코 밖으로 나갔다. 정녀는 벌써 일어나 마당을 쓸고 있었다. 새벽녘에 있었던 일을 묻자 정녀는 전혀 기억이 나질 않았다.

1984년 가을, 계남과 정녀는 군에 간 셋째 아들이 걱정되었다. 산이를 데리고 원이가 군 생활을 하고 있는 경기도 파주로 면회를 갔다. 초코파이를 먹고 싶다던 아들은 아버지가 사 가지고 온 초코파이 12개를 순식간에 먹어 치웠다.

"배가 그리도 고팠느냐?"

정녀는 안쓰러웠는지 아들의 얼굴을 어루만졌다.

그해 11월 계남은 몸이 날로 쇠약해지자 대중 앞에 나서기를 꺼려했다. 그러나 부인인 정녀와 함께 대전 한남대학교 초청공연을 시작으로 서울 한양대학교 공연과 인하대학교에서 단독으로 초청되어 공연을 소화하기도 했다.

1985년 서울의 민속학자들이 능주로 내려와 6개월간 체류하며 조계남 일행을 밀착 취재했다.

어느 날 굿이 나서 계남을 따라 나선 민속학자 일행들은 자시가 넘어 축시가 되자 모두 지쳐 쉬고 있을 때였다. 난데없이 어디선가 "텅!"하는 소리가 들렸다. 담소를 나누던 사람과 잠시 눈을 붙이고 있던 사람들이 장구 소리에 놀라 일어나며 '누구냐?'라는 시선을 모았다. 장구재비인 도화였다. 고풀이굿[51]으로 들어가기 전 일의 시작을 알리기 위해 소리를 내 본 것이었다. 놀라 일어난 사람들을 보며 도화는 소리 내며 크게 웃었다. "텅!" 소리 한 장단에 사람들은 예사롭지 않은 장구 소리라고 감탄을 연발하며 서로 장구를 쳐 보겠다며 장구 앞으로 달려들었다.

조금 전 도화의 그런 멋진 소리가 날 리가 없었다.

---

51) 열두거리 씻김굿 중의 한 거리로 망자의 한을 고로 푸는 의식이다.

▲ 용인민속촌에서 계남의 가족들

상처만 남긴 결혼식

서울 큰댁 조카 아들 결혼식 날이 다가왔다. 계남과 정녀, 도화, 양금, 장업, 사차 일행은 '오늘 밤에는 모두들 돌로 만들어진 큰댁의 돌집에서 잠을 자게 되었다'며 부푼 마음으로 능주에서 기차를 타고 상경했다. 서울 예식장에 도착한 계남 일행은 모아 둔 축의금을 내고 들어가자 난데없이 둘째 조카가 언성을 높이며 다가왔다.

"작은아버지! 그러시면 안 되죠. 우리가 무슨 죄가 있습니까?"

조카는 건네준 축의금을 골라내더니 예식장 바닥에 내동댕이를 쳤다. 그는 얼마 전 KBS에서 방영했던 「한국의 미」란 TV 프로그램에 집안 어른들의 굿하는 모습이 방영된 것을 보고 집안의 망신거리라며 화가 나 있었던 것이다.

"작은아버지한테 이러면 쓰나요."

질부들이 밖으로 나오며 조카들을 말렸다. 그래도 둘째 조카는 개의치 않으며 소리쳤고 큰조카도 말을 거들었다.

"계속 이러시면 할아버지, 할머니 제사도 지내지 않을 겁니다!"

계남은 큰댁의 조카들이 제사를 지내지 않겠다는 말에 놀라 아무 말도 할 수 없었다. 정녀는 바닥에 흐트러진 돈 봉투를 주우며 눈물을 흘렸고 동행했던 양금, 사차도 서운함에 눈물을 훔쳤다.

조카도 끝내 울음을 참지 못했다. 이윽고 둘째 조카는 작은아버지인 계남에게 죄송하다며 자신의 행동을 후회했다.

"저희는 서울에 올라와서 정착해 살아보려고 고생고생을 해서 이제 안정을 찾아 살 만한데, 또 TV에 나오시면 어떡합니까…."

화가 누그러진 둘째 조카는 계남에게 청했다.

"작은 아버지, 우리가 집을 장만할 테니 서울에 올라와 같이 살면 어떻겠어요?"

"미안하네."

사실 1950~1960년대에도 조카들은 상경하면 새끼줄만 쳐 놔도 내 땅이 된다면서 계남에게 서울로 올라와 생활할 것을 제안했었다. 그러나 아버지 상언과 생활해 왔던 삶의 터전을 버리고 능주를 뜬다는 것이 계남에게는 상상조차 할 수 없이 터무니없는 소리였다. 그는 집안의 대소사를 결정할 때는 항상 큰집 조카들과 상의를 해 왔고 조카들도 그런 계남에게 강한 믿음을 가지고 있었다.

계남은 서운한 마음이 들었지만, 이러한 행동을 하는 조카들의 마음 또한 이해하고 있었다.

혼불

   1985년 10월 9일, 군에 입대했던 산이는 15개월 만에 3박 4
일 일정으로 첫 휴가를 나왔다. 고향집에 들어서자 아버지, 어머
니와 변씨 큰어머니가 반갑게 맞아 주었다. 이틀 밤을 지내고 휴
가 마지막 날이 되자 변씨 부인은 산이에게 평소 안 마시던 소주
를 먹고 싶다고 말했다.

   "몸도 왜소하시면서 몸 상하면 어쩌실라고 술을 드신다고 하세
요?"

   "얼마 안 마실 거여! 얼마 전에도 소주 두세 잔 마셨다."

   산이는 가게에서 소주 한 병과 과자 봉지를 사 왔다. 큰어머니
는 방 안으로 들고 들어가시더니 연거푸 소주 두 잔을 마셨다.

   "큰엄마, 이렇게 드셔도 속이 불편하지 않으세요?"

   산이는 걱정스럽게 물었지만, 큰어머니는 아랑곳하지 않고 일
찍 잠자리에 누웠다. 내일이면 부대로 복귀하는 날이라 새벽같이
집을 나서야 했기에 산이도 일찍 자리에 누웠다. 큰방에서는 부모
님이 생활했고, 건너 아랫채에는 큰어머니가 홀로 기거했다. 산이
는 부모님 방에서 함께 잠을 잤다. 아버지는 여전히 호롱불 밑에
서 담배를 태우셨다. 담배 연기가 호롱불 그림자에 아른거렸다.

   그날 자정이 채 안 된 시간, 잠을 자던 산이는 소변이 마려워

눈을 떴다. 눈을 비비고 일어나 마당 건너편 측간을 가기 위해 방문을 열려고 하자 문풍지로 붙여 놓은 방문 아래 세살창에서 오른편에는 빨간색, 왼편에는 파란색으로 된 형태의 빛깔이 밝게 빛을 내고 있었다.

'바람도 찬 초겨울 날씨에 설마 벌레일까?'

산이는 벌레라고 생각하기엔 너무 선명해서 불빛을 유심히 바라보았다. 그런데 산이의 눈을 의심케 하는 두 개의 빛이 나란히 문 위쪽으로 천천히 올라가는 것이었다.

산이는 놀랍고 무서운 생각이 들어 다급하게 옆에 주무시던 어머니의 몸을 흔들어 깨웠다. 아침저녁으로 일을 나간 탓에 잠에 취한 정녀는 졸린 눈을 비비며 일어났다.

"산이야, 왜 그러냐?"

"어머니, 문짝 좀 보시오."

산이는 너무 무서운 나머지 이불을 둘러썼다. 정녀의 눈에는 아무것도 보이지 않는 듯 의아한 표정을 지었다.

"무슨 빛이 보인다고 그러냐. 아무것도 안 빈디….."

금세 두 빛깔은 슬며시 문 중앙으로 올라가더니 온데간데없이 사라졌다. 산이는 어머니에게 방문을 열어 보기를 청했다. 방문이 열리자 세찬 바람이 휭 하며 방 안으로 밀려들었고 휘영청 밝은 달빛만이 마당을 환하게 비추고 있었다. 산이는 문을 연 어머니와 촛불을 들고 나가 문 뒤쪽을 살펴보았지만, 아무것도 보이질 않았다.

"산이야, 아무것도 없다. 아버지 엄마는 새벽에 일을 나가야 한께 그만 자자."

무서워 화장실을 가지 못한 산이는 할 수 없이 요강에다 볼일을 보고 잠자리에 누웠다. 문은 다시 세찬 바람에 덜컹거리고 있었다. 그리고 방문 쪽을 무심코 바라보았다. 그런데 불빛이 사라졌던 그곳에 빨간빛과 파란빛이 또다시 이글거리며 빛을 내고 있는 게 아닌가. 순간 자신이 꿈을 꾸고 있지는 않은지 의심할 정도로 어안이 벙벙했다. 산이는 침착하게 불빛이 어떻게 변하는지 지켜보기로 했다. 두 불빛이 서서히 방문 위쪽까지 올라가더니 다시 밑으로 내려오고 있었다. 다시 용기를 내어 방문을 살짝 열고 뒤편을 살펴보았다. 그곳에는 아무것도 보이지 않았고 세찬 바람과 함께 진눈깨비가 흩날리고 있었다. 그날 산이는 한동안 잠을 이루지 못했다.

휴가가 끝나고 부대에 복귀한 후 일주일째가 되던 날, 변씨 큰어머니가 돌아가셨다는 전보가 날아왔다. 돌아가신 날짜를 계산해 보니 휴가 마지막 날인 토요일 저녁이었다. 순간 휴가 때 겪었던 일이 생각났다.

'큰어머니의 혼불이었을까….'

훈련 중이라 부대를 나갈 수 없었던 산이는 강가 쪽으로 가서 술과 과자 안주를 사다 올리고 외롭게 가신 큰어머니께 명복을 빌었다.

'우리를 키워 주신 은혜에 감사드리기가 한이 없습니다.'

거스를 수 없는 대물림

1985년 초겨울 서울에서 가야금 병창으로 활동하고 있던 정달영이 계남의 집을 찾았다.

"막둥이, 오랜만이시."

계남은 달영을 반갑게 맞으며 안방으로 들게 했다. 달영은 지금껏 서울에서 생활했던 얘기를 전하며 자신이 서울시에 문화재 지정 신청을 하게 되었다고 밝혔다. 그러면서 문화재청에서 인터뷰하러 내려오면 잘 얘기를 해 달라는 말도 덧붙였다. 달영은 자신의 CD 음반을 건네주며 계남도 문화재 지정 신청을 해 볼 것을 권유했다.

사실 아버지 상언은 신청이 없어지면서 더 이상 자식들에게 기예를 가르치지 않으려고 노력했고 무업의 대를 끊기를 바랐다. 집안 어른들로부터 여러 기예를 익혔던 이들도 타지로 나가 활동할 때에는 조씨 가문에서 배웠다는 사실을 함구하게 하고 다른 선생 이름을 거명하도록 당부할 정도로 신분 노출을 꺼렸다. 더구나 세상에 모습을 드러내는 성품이 아니었던 계남의 마음을 움직이기란 달영조차도 쉽지 않았다.

그러나 계남 역시 오랫동안 자신이 선대에서 물려받은 음악을 이대로 묻히기에는 안타깝다고 생각해 왔다. 몸이 쇠약해질수록 평생 해오던 자신의 음악을 누군가에게 전해야 한다는 소명의식이 뚜렷해지고 있었던 것이다. 이런 생각들이 떠오를 때마다 과거 조부께서 무속인과 결혼했다는 이유로 문중에서 파면당해야 했던 사례와 무업인으로서 큰집과 겪었던 갈등, 그리고 자식들과 친척들의 앞길을 막는다는 죄책감에 마음 아팠던 기억들이 한순간에 밀려왔다. 하지만 이러한 갈등 속에서도 그의 가슴속 깊이 들끓는 불길은 스스로도 거스를 수 없었다.

결국, 1986년 4월 10일 계남은 서울 문화재청의 주선으로 삼성문화재단의 후원을 받아, 능주양로당에서 씻김굿 시현을 하게 되었다.

어느 가을날, 계남은 아궁이 땔감용으로 나무를 하러 학교산에 올랐다. 솔이파리를 갈퀴로 긁어모으고 새끼로 솔잎들을 묶어 지게에 얹어 놓은 뒤 나무 밑 그늘에 앉았다. 죽은 딸 란이의 생각에 담배 한 대를 꺼내 불을 붙였다. 눈앞의 억새들이 흔들흔들 춤을 추고 있었다. 그 억새풀 사이로 멀게만 느껴지던 연주산 12봉이 오늘따라 계남의 시야에 뚜렷이 들어왔다.

'그 옛날 할아버지가 넘나들며 다니시던 산 봉우리…'

그곳에 아버지의 손을 잡고 자신도 따라 넘나들던 12봉의 사연들이 눈앞에 펼쳐졌다. 그리고 그 아래 영벽정 앞으로 흐르는 강물이 희미하게 아른거렸다. 계남은 보자기에 고이 싸 온 젓대를 꺼내 들었다.

"저기 가는 젊은 사람은
 저기 가는 젊은 사람은
 너는 어디를 가느냐
 극락 가면 영영 못 올라
 가지 말아라이~"

 젓대를 불다가 소리를 하고, 소리를 하다가 젓대를 불고…. 딸을 먼저 보낸 미안함과 설움이 밀려왔다. 젓대를 내려놓고 일어나자, 어디서 날아들었는지 수십 마리의 산비둘기들이 머리 위로 날아올랐다.
 '이런 미물들도 젓대 소리를 알아주는구나.'
 계남은 혼잣말을 중얼거리고 산을 내려왔다.

▲ 조상언이 능주 신청 봉안을 태웠던 영벽정 아래
지석강변에서 씻김굿을 하는 일행들의 모습

아버지의 선물

 평소에도 홀로 산에 올라 피리를 불곤 했던 계남은 추석을 지
낸 후 지게를 지고 또다시 나무를 하러 학교산에 올랐다. 갈퀴로
솔잎을 긁어모아 땔감을 마련한 후 보자기에 미리 싸 온 술과 안
주를 펼쳤다. 술 한 잔을 따르고 산신에 절을 한 뒤 주변의 이름
없는 묘소에 술을 한 잔씩 올렸다.
 계남은 풀밭에 앉아 마른 담뱃잎을 부숴 말은 담배를 입에 물
고 불을 붙였다. 담배 연기 사이로 마을이 한눈에 들어왔다. 그
옛날 신청에서 함께 생활했던 어른들의 모습이 떠올라 눈시울이
붉어졌다. 잠시 후, 품에서 피리를 꺼내 불기 시작했다. 얼마나
불었을까. 갑자기 가슴에 통증이 올라왔다. 심한 기침이 나오더
니 목에서 피가 넘어왔다. 한숨을 크게 내쉬며 괜찮을 것이라고
자신에게 애써 위로를 했다. 어느새 서쪽 하늘이 붉게 물들고 있
었다.
 "아버지!"
 아래쪽에서 계남을 부르는 목소리가 들려왔다. 군 생활을 하고
있던 산이었다.
 "아버지! 진지 드시라고 엄니가 부르시오."
 "언제 나왔냐?"

234

계남은 산이를 반갑게 맞았다.

"어제요. 서울에서 하룻밤을 묵고 내려왔는디 내일 다시 부대로 복귀해야 되요."

산이가 지게를 받아 지려고 하자 계남은 옷 버린다며 지게를 진 채 작대기를 짚고 일어났다.

"오냐, 핑 내려가자."

앞장서던 계남은 "한번 불러 보끄나?" 하며 선창을 했다. 산이도 "나나나나나 나 나나 나나" 하며 아버지의 삼현 타령을 따라 불렀다.

잠시 대화가 없던 차, 산이는 계남에게 물었다.

"아부지! 구신은 있는 것이오?"

"어디 가서는 구신이라 하지 말고, 혼신이나 영혼이라 해야 쓴 것이다. 혼신은 내 맘먹기에 따라 보일 수도 안 보일 수도 있는 것이여. 너는 혼신이 있었으면 좋겠냐. 없었으면 좋겠냐?"

"없었으믄 좋겠소."

"아버지는 있었으믄 좋겠다. 나이가 들믄 선영을 따라가는 법이다. 혼신이라도 없어 봐라 얼마나 외롭고 허전허겠냐?"

"그건 그렇네요."

산이는 아버지가 잘 부르시던 노래를 청했다.

"넓고 넓은 바닷가에 오막살이 집 한 채
  늙은 애비 혼자 두고 영영 어디 가느냐.
  내 사랑아 내 사랑아 나의 사랑 클레멘타인~"

계남은 노래를 부르다 말고 기침을 했다. 잦은 기침에 걱정이 된 산이는 아버지에게 물었다.

"아버지! 어디가 불편하세요?"

"아니다."

계남은 괜찮다며 계속 노래를 이어 갔다. 그렇게 계남은 산이와 함께 산을 내려왔다. 집집마다 굴뚝에서 저녁연기가 피어오르고 있었다.

정녀는 집에 돌아온 계남을 보고 물었다.

"석이 아버지, 왜 안색이 안 좋으시오?"

"아무것도 아니시, 피곤해서 그런 갑제."

계남은 아무렇지 않다며 방으로 들어갔다. 자신의 몸이 심상치 않다는 것을 알았던 계남은 평생 기량을 닦아 왔던 피리선율과 구음, 장구가락을 녹음하기로 했다. 그리고 자식 중 누구라도 듣고 익혀두라는 말과 함께 연향산, 잔향산, 돌가락, 한림 등 설명과 함께 피리선율로 능주의 삼현 가락을 녹음하기 시작했다. 그후 계남은 몸이 마르고 잘 먹지를 못해 점점 몸이 쇠약해져 갔다.

정녀는 걱정을 하며 물었다.

"석이 아버지! 아무래도 당장 병원에 가봅시다."

"……."

계남은 잠시 말이 없다가 이내 대답했다.

"아니시, 병원에 가믄 대번 입원하라 할 텐디, 내일 모레 원지리 날을 받아 놓고 안 가믄 안된께, 한가할 때 가세."

그날 밤 계남은 자신이 손수 만든 젓대를 꺼내 와 산이에게 내

밀며 말했다.

"이 젓대에는 신선의 세계가 있으니 꼭 배우라는 것이 아니라, 마음이 적적할 때 불면 마음이 한결 편안해질 것이다." 산이는 아버지의 의중이 무엇인지 알고 있었기 때문에 반문할 수 없었다.

"한번 불어 봐라." 산이는 아버지의 요구에 젓대를 들고 잠시 소리를 내는가 싶더니 대금을 내려놓았다.

"아버지! 이 젓대는 언제, 누가 만들어 사용한건가요?"

"이 젓대는 니 5대 하나시가 세면(삼현) 칠 때 쓸라고 개량해 맹근거다" 여기서 '삼현을 친다'는 말은 '악기를 연주한다'는 의미이다. 산이는 할아버지가 개량해 만들었다는 아버지의 말에 크게 실망감이 들었다. 모양새도 볼품이 없었을 뿐만 아니라 좀처럼 불기가 어려운 악기라서 과연 쓸모가 있을지 의구심이 들었기 때문이다.

그렇게 시간은 흐르고 있었다.

▲ 조계남이 손수 제작하여 산이에게 전해 준 젓대

구음과 피리 가락

1986년 12월 초, 계남의 기침은 점점 잦아졌다. 정녀의 성화에 병원을 방문하기로 한 그는 산이에게 젓대를 주었던 것처럼 셋째 아들 원이에게도 손수 제작한 젓대를 건네주었다.

12월 중순, 예약했던 병원을 찾아가는 날이었다. 밖은 이른 아침부터 첫눈이 내리고 있었다. 나갈 채비를 하던 계남은 올라오는 통증에 시달리며 가슴을 움켜쥐었다. 당시 대학생이었던 셋째 아들을 앞세워 버스를 타고 광주 기독교병원을 찾아갔다. 흉부 엑스레이 등 각종 검사를 받았다. 결과를 본 의사는 셋째 아들에게 버럭 화를 내며 야단을 쳤다.

"이놈아, 왜 아버지를 이 지경까지 내버려 두고 이제야 모셔 왔냐?"

자식에 대한 애정이 남달랐던 계남은 사람들 앞에서 아들에게 면박을 주는 의사를 향해 도리어 역정을 냈다.

"죽으면 내가 죽지, 우리 아들이 뭘 잘못했다고 그리 야단을 치시오? 아들이 한사코 병원에 가자는 것을 내가 미루다가 이제 온 것을, 다 큰 아들한테 이놈 저놈이라니…. 여기가 아니면 병원이 없는 줄 아시오?"

계남은 그 길로 병원을 나왔다. 대신 천변 건너편에 있는 임승

찬 내과병원을 찾아 들어갔다. 의사는 얼마 살지 못할 것이라며, 길면 6개월이라는 시한부 진단을 내렸다. 그 후로 계남은 입원 생활을 시작했다. 그는 병원에 있으면서도 죽기 전에 출가 안 한 아들들에게 짝을 맺어 주고 싶었다.

효심이 남달랐던 셋째 아들 원이는 아버지의 임종이 가까워지자 서둘러 결혼을 4월로 앞당겨 날을 받았다. 아들의 결혼식 날 아픈 몸을 이끌고 결혼식장을 찾은 계남은 끝까지 자리를 지키며 아들의 혼례 모습을 지켜봤다.

1987년 4월, 아들의 결혼식을 마치고 병원으로 다시 돌아온 계남은 병원장에게 퇴원하겠다는 의사를 밝혔다. 병원장은 걱정스러운 표정을 지었다.

"그런 몸으로 거동하시겠습니까?"

"죽기 전에 해야 할 일이 있소." 완강했던 계남의 말에 원장은 체념한 듯 가족들에게 말했다.

"정신력 하나는 대단하신 분이시오."

집에 돌아온 계남은 단정히 앉아 녹음기를 켜고 피리를 꺼내 들었다. 그리고 못다 한 피리 가락을 녹음하기 시작했다. "이것은 타령, 이것은 본향거리⋯." 구술을 하며 구음과 피리 가락을 함께 녹음했다. 잠시 후 장구를 꺼내오게 하여 씻김굿 12석중 한 석인 본향을 마지막으로 녹음하며 마무리했다. 그리고 집안 곳곳을 살폈다.

꿈속의 삼사자

1987년(음력 6월 24일) 임종 3일 전, 계남은 아침 일찍 목욕재계하고 머리를 단정히 빗은 후 흰 한소매 와이셔츠 차림으로 마당으로 나갔다. 빨래를 널어놓은 간짓대[52]를 사이에 두고 뒷짐을 진 채 마당을 몇 바퀴째 돌고 있었다. 계남은 죽음을 앞두고 여러 생각을 정리하는 중이었다.

그날 밤 그는 꿈을 꾸었다. 휘영청 밝은 달빛 아래 검은 양복차림에 군인 모자를 쓰고 총을 든 세 남자가 대문을 열고 집 안으로 들어왔다. 그들은 아래채를 지나, 부엌으로 향해 부엌문을 돌아 방 안으로 들어오려고 했다. 계남은 버럭 화를 냈다.

"어떤 놈들이냐?"

방 안에서 봉창문을 손바닥으로 '탁' 치며 문을 열자 그들은 슬슬 나가 버렸다. 꿈을 꾸고 일어난 계남은 시계를 보았다. 새벽 3시가 넘어가고 있었다. 잠을 이루지 못하던 계남에게 정녀가 물었다.

"석이 아버지, 왜 잠을 안 주무시오."

"어이 마시, 나 굉장한 꿈을 꾸었네."

"당신 생전 꿈도 안 뀌고 근디, 왜 그러시오?"

---

52) 빨래를 널기 위해 만든 대나무로 된 긴 장대.

"……."

한참 말이 없던 계남을 향해 정녀는 걱정스러운 표정으로 말했다.

"어떤 꿈인디요?"

"글씨, 이 이야기를 해야 쓰까 모르겠는디…."

망설이던 계남은 '마당에 사자가 대문을 열고 들어오는 꿈을 역력히 꿨다'며 꿈 얘기를 이어 갔다. 정녀는 놀라며 다시 물었다.

"사자가? 사자가 뭔 말이다요. 뭔 그런 맥없는 소리를 허시오?"

"아니, 여전히 봤는디, 내일 병원 가는 날인디…. 사자가 나가 불었응께, 암시랑토 안 컸재."

계남은 부인에게 별일 없을 것이라며 안심을 시켜 놓고도 착잡한 마음을 감출 수 없어 자신도 모르게 말이 흘러 나왔다.

"오늘 저녁을 잘 넘겨야 쓸 것인디…."

옆에 듣고 있던 정녀가 '기분 나쁜 소리 하지 말라'며 말을 거들었다.

"뭘, 잘 넘겨야 써라우~."

하룻밤이 지나고 다시 아침이 밝아왔다. 정녀는 방금 전까지 앉아 있다가 다시 누워 있는 계남을 보고 물었다.

"석이 아버지! 몸은 어뗘시오. 배는 안 고프시오?"

계남은 눈을 감고 누운 채 정녀가 묻는 말에 아무 대꾸를 하지 않았다.

아침 7시, 계남은 잠시 일어나 앉는가 싶더니 다시 누웠다. 정녀는 조심스럽게 계남을 불렀다.

"석이 아버지…."

잠시 후 계남은 말문을 열었다.

"나 따라 다니느라 고생 많았네."

계남은 자신의 말이 떨어지자마자 숨을 두어 번 거칠게 내 쉬었다. 당황한 정녀는 아들들에게 일렀다.

"장롱 속에 있는 아버지 이불과 베개를 죄다 꺼내 밖으로 내놓아라."

아들들이 장롱 문을 열고 이불을 집어 들자 정신이 총총했던 계남은 누운 채, 고개를 절레절레 흔들며 내놓지 말라는 의사 표시를 했다. 곧바로 다시 이불을 장롱 속에 밀어 넣자 계남은 임종의 순간을 삼재가 든 정녀에게 보이고 싶지 않아 일부러 서울 큰조카에게 전화하라고 일렀다. 집안에 상문53)이 드는 것을 염려했기 때문이다.

정녀는 곧장 서울로 전화를 했다. 전화를 받던 큰조카는 무슨 일이냐고 물었고 정녀는 작은아버지가 위중하다고 전했다. 그 순간, 계남은 다시 숨을 거칠게 내쉬더니 눈을 뜬 채 그대로 숨을 거두었다.

"아이고 석이 아버지! 왜 눈을 감지 못하고 가시오. 뭐가 그리 아쉬워서 그러시오…."

---

53) 집안의 풍파를 일으키는 부정살.

정녀는 아들들에게 다급히 말했다.

"아버지, 빨리 눈 감겨 드려라."

셋째 아들이 눈꺼풀을 감기기 위해 몇 번을 쓸어내려도 계남의 눈은 좀처럼 감기질 않았다. 임종을 지키고 있던 식구들은 당황했다. 정녀는 계남에게 마지막으로 고했다.

"이제, 다 잊어버리시고 편히 눈을 감으시오."

다시 한번 정녀가 계남의 눈꺼풀을 쓸어내리자 그때서야 눈꺼풀이 내려앉았다.

계남은 어두운 질곡의 삶을 살았다. 힘들었던 아픔과 사연이 그의 눈을 감지 못하게 했는지도 모른다. 사회로부터 천대받고 경시되던 무업을 이어오며 부귀와 유명세보다 집안의 제사와 가족과 친인척들의 왕래를 우선시했다. 무엇보다도 아버지 상언으로부터 물려받은 소명을 다 채우지 못한 죄스러움과 자신의 기예를 누군가에게 전장하지 못했다는 아쉬움과 걱정, 이 모든 것들로 인해 차마 눈을 감을 수 없었을 것이다.

이때부터 계남의 막내아들 산이의 마음속 깊은 곳에 뜨거운 기운이 잔잔한 파도처럼 일렁이고 있었다.

계남은 평소에 자기 절제와 예의범절이 몸에 밴 사람으로 '화순 최고의 양반'이라는 평을 들었다. 조용하고 말이 없었으며 묵묵히 일만 했다. 웬만하면 실수도 하지 않고 잔소리도 안 하고 좀 안다고 위세 부리는 일도 없었다. 남의 집에서 밥 한 술을 먹더라도 잘 먹었다는 감사의 인사를 잊지 않았으며 불쌍한 사람을 보면 그냥 지나치는 일이 없었고 주인 없는 묘소를 마주할 때면 술을 올려 정성껏 예를 갖췄다. 어느 날에는 굶어 죽게 생긴 처자를 보자 굿하고 받아 온 쌀 두 되를 몽땅 내주기도 했다.

또한 자식들에게는 살림살이가 힘들어도 내색하지 않았으며 오로지 사랑으로 대해 길러냈고, 새로운 것을 접하면 공부를 낙으로 삼아 끊임없이 노력하는 성실함을 보였다.

[박정녀의 육성 녹취록]
"느그 아버지는 통 걸어 댕겼어.
여기고 어디고 먼 데고,
그리고 너무 밤낮으로 잠을 못 자고…
곯아서 가셨어.
징그럽게 빼빼 말라 갖고…."

▲ 조계남의 생전 모습

능주씻김굿 초청공연

1988년 3월 대학에 다니고 있던 산이는 대중음악을 해 보려고 했지만, 금전적인 어려움에 부딪혀 포기하고 말았다. 그러던 어느 날 어머니는 일(굿)이 생겼다며 자신과 동행할 수 있는지 의사를 물어왔다. 어머니는 아버지가 돌아가신 후 나를 처음 부르신 일이었다. 마침 수업도 없고 해서 고향집으로 내려갔다. 산이는 이때부터 학교 다니면서도 짬을 내어 조금씩 어머니와 함께 일을 다니기 시작했다. 그러면서 6촌 형님뻘인 조도화로부터 북과 장구가락을 익히게 되었다.

어느 집에 일을 하러 들어갔더니 동네 사람들이 한사코 물었다.

"이 젊은 양반은 누구요?"

정녀는 말을 못하고 있다가 마지못해 아들이라고 밝혔다.

"이렇게 이쁜 아들이 있어서 좋겠소."

동네 사람들은 치사를 하다가 다시 물었다.

"자손은 몇이나 뒀소?"

정녀는 그렇게 물어 올 때마다 6남매를 뒀다고 대답했다. 집에 돌아오는 길에 산이는 어머니에게 물었다.

"어머니, 왜 우리 형제가 5남매지, 6남매라 하세요?"

"누가 물어보면 6형제라고 해야 쓴다."

어머니는 아직까지 란이 누나를 마음속에서 보내지 못한 듯했다.

그렇게 어머니를 따라다니던 산이는 학창 시절 때부터 아버지가 '정달영'에게 자신을 보내지 않았던 이유, 말없이 TV를 끄시던 모습, 자식들을 유바탕으로 불러 장단과 소리를 가르치시던 모습이 조금씩 떠올랐다.

마침내 산이는 아버지의 마음을 깊이 헤아리지 못했던 것을 후회했다. 사회로부터 냉대받으면서도 꿋꿋이 지켜 왔던 음악을 누구 하나 물려받는 이가 없이 하루아침에 사장시킨다는 것, 그것은 아버지에게 너무나 억울한 일이었을 것이다. 그 길로 산이는 서울에서의 모든 생활을 접고 고향으로 돌아와 본격적으로 무업에 뛰어들었으며 현재까지 전라도 지역에서 왕성하게 활동하고 있다.

1995년 12월 28일 어느 날이었다. 민속학자의 요청으로 박정녀 일행은 서울 대학로 두레극장에서 '저승혼사굿' 공연을 하기로 했다. 정녀 일행은 공연장에 도착하기 전까지만 해도 어느 집에서 공연하는 줄로만 알고 있었다. 그런데 도착해 보니 공연무대가 으리으리하게 꾸며져 있는 것을 보고 깜짝 놀랐다. 정녀는 공연으로 노출되어 더 이상 친척들과 갈등을 빚기 싫었다.

하지만 무대를 꾸미기 위해 노력한 주최측을 생각하면 일방적으로 공연을 무산시킬 수는 없었다.

그 후 20년의 세월이 흘러 2014년 6월 국립남도국악원에서 마련한 능주씻김굿 초청공연이 있었다. 공연자로는 정녀와 조무일을 맡은 계남의 막내아들인 산이가 참석했다. 공연을 위해 정녀는 산이와 함께 일찍 진도를 찾아 준비에 여념이 없었다.

또다시 정녀의 가슴에 통증이 올라왔다. 주최 측의 부축으로 숙소에 들어선 정녀는 가져온 보따리에서 양귀비 이파리 즙을 꺼내 마셨다. 순간 더욱 심한 통증이 밀려왔다. 그렇게 몇 분을 견디고 나니 통증은 서서히 가셨다. 정녀는 종합병원에서 처방받은 진통제가 더 이상 듣지를 않자 최후의 방책으로 절구통에 찧어 미리 준비한 양귀비 이파리를 응급 처치용으로 쓰고 있었던 것이다.

오후 해가 떨어질 무렵, 마침내 공연이 시작되었다. 정녀는 암투병 중에서도 6시간 동안 쉬지 않고 공연에 열중했다. 공연을 마치자 사회자의 마지막 멘트가 이어졌다.

"암투병 중에도 무려 6시간 동안 공연을 훌륭하게 마무리 짓는 저력을 보여주신 어르신께 큰 박수를 보내 드립시다."

구경하고 있던 관객들은 한 사람, 한 사람씩 무대 앞으로 내려와 정녀에게 감사의 인사로 큰절을 올렸다. 정녀도 공손히 맞절로 화답했다. 그녀의 눈시울이 금세 붉어졌다.

공연을 마치고 숙소로 돌아온 정녀에게 다시 통증이 찾아 왔다. 산이는 어머니의 통증 약을 보고는 죄스러운 마음이 들었다.

"어머니! 어떠세요…?"

"오냐, 괜찮다."

이때 누군가 숙소 문을 두드렸다. 사회자로 나섰던 박흥주였다. 흥주는 정녀에게 물었다.

"할머니! 몸은 괜찮으세요?"

"어이, 괜찮네, 나 때문에 고생 많았네."

"몸도 불편하신데 끝까지 최선을 다해 주셔서 정말 감사합니다."

정녀는 '토끼가 용궁에서 무사히 살아 돌아온 것 같이 자신에게 스스로 박수를 쳤다.'라고 화답했다.

▲ 국립남도국악원 야외무대에서 공연을 마친 후 관객과 맞절하는 박정녀의 모습

한평생 잘 살았다

정녀는 말년에도 집안일을 항상 정갈히 했다. 아침 일찍 일어나면 빗자루를 들고 대문 밖 길을 쓸고 집에 들어와 마당과 집안 곳곳을 청소하는 것이 일과였다. 그 다음에 소일거리로 밭에 올라가 고추, 마늘, 깨를 심었다. 수확 시기가 되면 정갈히 말려 자손들에게 골고루 나눠주기도 했다. 날이면 날마다 '산이가 언제 오냐.'라며 기다렸다가 오는 날이면 밖에 나가 한참을 서성였다.

2015년 봄, 정녀는 여느 때와 같이 바깥 길을 쓸다가 또다시 가슴에 통증이 올라왔다. 주섬주섬 허리춤에 매달아 놓은 양귀비즙을 꺼냈다. 낮이면 양로원에 내려가 동네 사람들과 어울렸다. 그럴 때마다 아프다는 내색 한번 하지 않았고 통증을 못 견딜 것 같으면 바로 집으로 올라와 홀로 방 안에 앉아 양귀비즙으로 아픈 통증을 달랬다.

가을이 되자 정녀는 날이 갈수록 통증이 심해져 마침내 몸을 가누기가 힘들었다. 아들에게 짐이 되기 싫었지만 결국 전북 익산에 살고 있던 막내아들(산이) 집으로 따라 올라갔다. 역시 병에는 장사가 없다고 했는지 시간이 지날수록 정녀의 몸은 쇠약해져만 갔다.

2016년 2월 임종하기 하루 전 정녀는 산이를 불러 놓고 손을 잡으며 마지막 말을 남겼다.

"산이야, 너무 돈 벌려고 애쓰지 말아라. 몸 상한다. 니 집에 와서 살아 보고 이집 저집 다녀 봐도 니 집안만 한 곳은 없드라. 니 외할아버지에 대한 원망, 형제간에 대한 원한, 자식들에 대한 원한, 다 잊을란다. 한평생 잘 살았다."

산이는 어머니의 말씀이 마지막 유언처럼 들렸다.

"어머니, 별말씀을 다 하시네요. 약한 말씀 말으세요."

저녁 9시가 넘어가자 정녀는 또다시 산이를 불렀다.

"산이야, 나 집에 가고 싶다."

산이는 어머니가 얼마 못 사실 것 같다는 생각이 들었다.

"어머니, 기력만 찾으시면 시골집 가십시다."

항상 어머니와 함께 잠을 잤던 산이는 잠을 자다 화장실을 가려고 눈을 떴다. 눈을 비비고 일어나 보니 시곗바늘이 3시 50분을 가리키고 있었다. 다시 방으로 들어선 산이는 갑자기 방 안에 아무도 없는 것처럼 썰렁한 기운을 지울 수 없었다. 불현듯 어두운 방 안에 누워 계신 어머니를 살폈다. 어머니의 숨소리가 들리지 않아 불안한 마음에 방 안의 전등을 켰다.

"어머니, 어머니! 엄마, 엄마…!"

다급히 부르는 산이의 목소리에도 정녀는 눈을 뜬 채 미동이 없었다. 산이는 어머니의 손을 만져 보았다. 오른쪽 손은 차가웠지만, 왼쪽 손은 아직 온기가 남아 있었다. 서서히 맥이 걷히고 있는 것을 느낄 수 있었다.

산이는 "집에 가고 싶다."라는 어머니의 말이 떠올라 재빨리 어머니를 이불로 감싸 안고 자동차로 뛰어 나갔다. 어머니의 몸은 앙상하게 뼈만 남아서인지 매우 가볍게 느껴졌다. 어머니를 태우고 급히 능주로 차를 몰았다.

"엄마, 가요. 능주 집에 갑시다. 조금만 참으시오."

새벽 5시 30분 능주에 도착하니 눈발이 가볍게 흩날리고 있었다. 산이는 차에서 어머니를 안고 내려 시골집 대문을 열고 마당으로 들어섰다. 갑자기 어머니의 몸이 천근만근 무겁게 느껴졌다. 어깨가 빠질 것만 같았다. 산이는 무겁던 어머니의 신체를 안은 채 견디지 못하고 마당에 풀썩 주저앉고 말았다.

"엄마, 집에 다 왔소. 안방으로 들어가십시다."

다시 몇 번의 안간힘을 내 어머니를 힘겹게 들어 안았다. 간신히 안방으로 들어가 이불을 깔고 조심스럽게 어머니를 눕혔다. 산이의 온 몸이 땀으로 범벅이 되어 있었다.

산이는 어머니를 향해 고했다.

"외롭고 모진 세상 사시면서 우리를 위해 헌신하신 은혜, 한없이 감사드리며 한평생 고생 많으셨습니다. 엄마, 불효하고 서운했던 마음 있거든 다 내려놓으시고 편히 가세요.

훗날, 저도 저세상에 가게 되면 어머니를 꼭 찾아뵙고 못다 한 효도하고 싶어요. 그때는 모른 체하지 마시고 엄마랑 못다 한 얘기 나누고 싶어요."

차츰 날이 밝아 오고 있었다. 그렇게 정녀는 암투병을 이기지 못하고 향년 93세의 나이로 눈을 감았다.

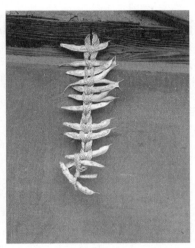

▲ 정녀는 다음해에 쓸 콩을 굴비처럼
잘 엮어 행랑채에 걸어 두었다.

산이의 꿈 I

어머니의 49제가 지나고 첫 제삿날이 다가왔다. 산이는 감기 기운이 든 몸으로 고향집에 도착해 마을 한 바퀴를 돌고 집으로 들어갔다. 대낮에 책을 보던 중 쏟아지는 졸음을 이기지 못하고 그대로 엎드려 잠이 들었다.

꿈속에서 산이는 죽어 저승을 갔다. 구름 위에 있던 산이는 바로 발아래 그가 살았던 고향집을 내려다보았다. 그지없이 반가웠다. 하지만 어머니가 계셔야 할 고향집에는 여기저기 마당과 방안을 살펴보아도 아무 인적이 없었다.

'나처럼 어머니도 돌아가셔서 아무도 보이질 않는구나.'

쓸쓸한 마음을 지울 수 없었던 산이는 문득 저승도 인간 세상의 모습과 같다는 생각으로 자신을 위로했다. 그렇게 저승에서 일상생활을 하고 있던 어느 날, 산이는 산 아래 작은 약수터를 찾았다.

약숫물을 떠 마시기 위해 바가지를 들었다. 무심코 들여다보는 약숫물 속에 젊었을 때의 어머니 모습과 어릴 적 자신의 모습이 비쳐졌다. 산이는 살아생전 어머니와 함께 능주 한천면 소재의 '돗재 약수터'로 자주 물을 길으러 다녔다. 그래서 그런 기억 때문이었는지 약숫물 속에 어머니의 모습이 비치고 있는 것이라고 생각했다.

약숫물 속에 비친 어머니는 산이에게 물바가지를 먼저 건네며 말했다.

"산이야! 약물은 떠서 살짝 고수레하고 입에다 한 모금, 두 모금, 세 모금, 이렇게 마시는 것이란다."

산이는 어머니가 먼저 드셔야 한다며 권했지만, 한사코 먼저 마시라며 물바가지를 다시 산이에게 건네주었다. 결국, 산이가 약숫물을 마시고 나서야 어머니는 '물도 먹을 만큼 떠 마셔야 한다.'라고 일러 주며 바가지에 물을 살짝 떠 마셨다. 산이가 다시 한번 물을 살짝 떠 마시자 어머니는 활짝 웃으셨다.

그렇게 옛 생각을 하고 있을 즈음 어느새 정녀는 산이 옆으로 다가와 작은 바가지로 약숫물을 떠 마시고 있었다. 어머니를 본 산이는 너무나 반가웠다.

"엄니 아니시오! 여기서 엄니 기다린 지 오래요."

"왜 기다린 것이냐."

그런데 산이는 어머니에게 이유를 설명해야 하는데 입에서 말이 나오지 않고 자꾸 생각으로만 잠기는 것이었다.

'나, 엄니랑 옛날처럼 같이 살라고….'

결국 마음속으로 대답한 산이는 '어머니가 내 마음을 알았을까? 모르면 어떡하지?' 하고 내심 걱정을 했다. 정녀는 그런 산이의 마음을 알았는지 산이를 바라보며 미소 띤 얼굴로 대답했다.

"또야~"

어머니의 '또야'라는 말에 산이는 잠시 서운함이 들었지만, 어머니의 환한 얼굴을 보니 너무도 반갑고 기분이 좋았다. 설령 이것이 꿈일지라도 좋은 모습으로 비춰진 어머니가 지금 계신 곳이 편안한 곳일 것이라고 생각하니 위안이 되었다.

그렇게 산이는 잠에서 깼다. 벌떡 일어나 보니 꿈이 생시처럼 역력했다. 한결 몸은 가벼웠지만 허탈한 마음에 한동안 멍하니 앉아 있다가 이불을 들추고 일어나 방문을 열었다.

문 밖으로 눈이 솜털같이 드문드문 내리고 있었다. 산이는 자신도 모르게 마루로 걸어 나갔다. 눈은 내려 금세 마루 한 귀퉁이까지 올라와 하얗게 뒤덮고 있었다. 산이는 천천히 마당으로 내려가 손바닥을 펴 보았다. 하얀 눈송이가 산이 손바닥에 가볍게 내려앉더니 사르르 녹아들었다. 산이는 어머니에게 마음속으로 전했다.

'엄마, 걱정하지 마세요. 열심히 살게요.'

내리던 눈은 산이를 반기듯 어느새 눈발로 변하여 산이의 몸을 휘감고 있었다. 어머니가 자신의 몸을 감싸 안아 주는 듯 몸에는 추운 기운이 온데간데없었다. 그렇게 산이는 하늘을 향해 두 팔을 벌리고 한참동안 흩날리는 눈발을 반겼다. 낮 시간이 다 되어가자 서울에서 형제들이 어머니의 첫 제사를 지내기 위해 고향집으로 내려왔다. 형제들은 서로 반갑게 덕담을 나누며 웃음꽃을 피웠다.

▲ 한천 돗재 약수터

산이의 꿈 Ⅱ

2020년 11월, 산이는 또다시 꿈을 꾸었다.

산이가 굿을 하러 갔는데 방 안에는 어머니와 도화 형님, 그리고 양금, 사차 등 형수님과 큰어머니 일행들이 하얀 옷을 입고 당가집 사람들과 담소를 나누고 계셨다. 산이가 방 안으로 들어가자 가장 젊은 사람이 왔다고 반기며 배부르게 많이 먹었으니 중매를 해야겠다면서 서로 얘기가 오가고 있었다.

그러다가 고개를 돌려 보니 이불 위에서 하얀 옷을 입고 장구를 치고 있는 한 분의 모습이 눈에 띄었다. 자세히 보니 아버지였다.

'아버지와 어머니, 모든 분들이 함께 만나셨구나!'

산이는 꿈에서도 어른들의 상봉을 다행으로 여겼다.

방 안팎에서는 아이들이 즐겁게 뛰어놀고 있었다. 아이들이 나가는 쪽으로 보니 넓은 식당 홀에서 아버지가 긴 탁자에 앉아 행복한 얼굴로 아이들의 장기자랑을 심사하고 계셨다. 카메라로 '아버지 모습을 담아 형제들에게 보여 줘야겠구나.' 싶었지만, 옆에 있던 카메라를 들고 촬영을 하려고 하니 갑자기 렌즈가 열리지 않는 것이었다. 렌즈 버튼을 다시 눌러 촬영하려고 파인더를 들여다보니 아버지는 온데간데없이 보이질 않았다. 실망감에 심사 좌석 쪽으로 달려 나갔다. 그 많던 사람들은 홀에서 이미 빠져

나가고 아버지 바로 옆에 앉아 있던 사람만이 의자에 앉아 다른 분들과 정답게 얘기를 나누고 있었다. 산이는 다가가 의자에 앉아 있는 분에게 물었다.

"어르신! 방금 바로 옆에 우리 아버지가 아이들을 심사하고 계셨는데 어디 가셨어요?"

순간 산이는 이분들이 이 세상 사람들이 아니라는 것을 느꼈다.

"아까 가셨다."

산이는 아쉽고 서운한 마음을 감출 수 없었다.

"어르신! 우리 아버지한테 가시거든 산이가 죽음길로 들어서면 아버지한테 꼭 찾아간다고 전해 주세요."

옛날 평상복차림으로 흰옷을 깨끗하게 입고 앉아 있던 어르신은 천천히 고개를 끄덕였다. 산이는 아버지를 못 보게 된 것이 못내 아쉬웠지만, 저승에서도 밝게 활동하시는 모습을 보니 외롭지 않으셔서 다행이라고 생각했다.

산이는 고향집에 들러 물품을 정리하다가 서랍에서 어머니가 모아 두신 작은 수첩들을 발견했다. 수첩 하나를 들어 펼쳐 보니 철자법을 무시한 크고 작은 어머니의 글씨체가 눈에 들어왔다.

정녀는 언젠가 마늘 농사에 대해 물어 왔던 산이를 위해 마늘을 심고 수확하기까지의 전 과정을 상세히 적어 놓았던 것이다. 산이는 눈시울을 붉히며 빈 수첩 한 권을 꺼내 들어 자신의 품속에 넣었다.

어느 날 문득 차를 몰고 고향집에 들어가던 산이는 차를 세우고 영벽정 둑방길을 거닐었다. 산이를 반기듯 살랑이는 바람결에 길옆의 풀잎들이 춤을 추었다. 무심코 발걸음을 멈춘 산이는 그 자리에 앉아 품속에서 어머니의 빈 수첩을 꺼내 들었다.

그리고 글을 써 내려갔다.

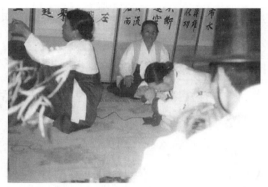

▲ 좌측 박정녀를 우측 부군인 조계남이 피리로 바라
  지하는 모습

해설편

▲ 조계남의 막내아들 조웅석[산이]

박정녀 육성 녹취록

박흥주 | 굿연구소 소장

"큰아버지 도암에서 끼랬어. 건강하재 잘 생겼재 말 잘허재. 그
런께 노상 술 한잔씩만 먹고 지서에 가서 살아 불고 화학산으로
몰렸재. 6개월인가 점령했을 것이다. 화학산에 특꾕대들이라 그
랬을 거여. 화학산에가 따뿍 몰려갔고 반란군들 집에다 재우고…
그렇게, 사람도 많이 살렸어. 도남이 도남이 도남이…."

"말 못 해, 필적 말도 못 해, 똑똑허고 요런디. 소리도 안 배웠
어도 소리 배우면 상놈 된다고 소리도 안 가르쳤어. 우리 집은 하
나부지들은 안 갈쳤어. 그런디 소리도 잘허고, 아 웃기도 잘허고,
넉살도 좋고, 아조, 춤도 잘 추고 그랬어."

바로 "소리 배우면 상놈 된다고 소리도 안 가르쳤어."라는 대
목, 이 한마디는 많은 사실과 의미를 함축하고 있다.

이 태도가 한두 사람의 견해가 아니었다는 사실은 "우리 집은
하나부지들이 안 갈쳤어."라는 표현에서 확인할 수 있다.

아주 분명한 표현이다. 심지어 조씨 집안을 거쳐 갔던 명인 명
창들에게는 조씨 집안을 들먹이지 말고 다른 선생들의 이름을 올
려 줄 것을 당부했다.

이것은 조씨 집안의 굿과 예술에 대한 태도이자 생각이었음을

드러내며, 이는 하나의 사상이자 미학일 수 있다는 개연성도 발견된다.

좀 더 음미해 보면 당시 판소리를 가르치지 않은 집안의 '하나부지들'(할아버지들)은 신분적으로 천민이다.

그들이 소리광대로 나서는 것을 '쌍놈'되는 것이라고 질타하고 있다. 계급적으로 성립될 수 없는 어이없는 태도이자 생각이다. 그럼에도 이런 표현이 가능하려면, 사회적이고 정치적인 차원에서의 신분 관계가 아니라 '정치적이고 미학적인 측면'에서의 사고를 필요로 한다. 이런 태도를 보이기까지는 본인들이 해 온 '굿과 그 역할'에, '재인으로서의 재주와 그 예술'에 대한 확고한 기저가 전제될 것이며, 이에 대한 나름대로의 분명한 가치 부여와 견고한 자부심이 '자신들이에게' 내재돼 있을 때 가능해질 것이다.

아울러 '시류와 시대에 부응'하려는 태도를 극히 거부하는 기개도 읽어 낼 수 있다.

그렇다면 그들이 시류에 부응하지 않고, 그들이 지켜나가고 관철시키고자 했던 것은 무엇이었을까? 그들이 어전광대가 되는 길, 즉 판소리 명창이 되는 길, 명창이 되기 위해 갈고 닦아야 할 기예와 재주를 왜 높이 평가할 수 없었을까? 아니 오히려 거부하고 폄하했던 그 관점과 가치지향은 무엇이었을까? 이런 문제 제기를 분명하게 드러내는 일갈一喝이었다는 측면을 배제할 수 없다.

또한, 이 일갈은 근세 100여 년간의 예술, 즉, 국악으로 통칭될 수 있는 '다양한 변화양상과 새로운 창출'이 과연 '성과'인가?에 대한 문제 제기도 함축하게 된다. 이런 여러 문제 제기가 있었다는 역사적 사실을 확인해 주는 곳이 바로 창녕 조씨 집안이었으며, 이런 문제제기는 여전히 '유효한가?'에 대한 관심을 촉발시키기에 충분한 모습들이기도 했다.

▲ 박정녀의 국립남도국악원 야외무대 공연 모습

조씨 집안의 행적

박흥주 | 굿연구소 소장

조씨 집안의 행적에서 드러나는 큰 울림 중 하나는 끈끈한 가족애와 신분이 가져다주는 질곡에서 벗어나려는 치열한 노력들이다. 호남권 세습무에서 발견되는 일반적인 정서이지만 화순군의 경우 그 실상이나 역사가 생생하게 드러났다고 평가할 만하다.

조선 말기, 판소리의 성세와 어전 광대의 출현은 천민으로서의 굴레를 벗어나게 해 주는 좋은 기회이자 시대였다. 이를 위해 소리에 소질이 있는 세습무의 후예는 전적으로 명창과 재인의 길로 나섰으며, 이에 대한 경제적인 지원은 경제적 토대였던 굿에서 이루어졌다. 대중 음악계에 투신하여 대중예술가가 된 것도 이를 연장선에서 조망해 볼 수 있다. 교육을 통해 신분 상승을 꾀한 사례도 발견된다. 대개 대한민국 정부가 수립되고 난 다음의 일로서 대학을 보내 사회적으로 당당히 직업을 갖고 살아가도록 노력했다. 그 모습은 눈물겨울 정도로 헌신적이라는 특성을 보였다. 이런 일반성에 비춰볼 때 능주의 경우, 대부분의 사례들이 발견된다. 그 행적들 또한 치하할 바가 크며 성과 또한 특별함이 있다.

판소리뿐만이 아니라 줄타기, 기악 등의 재주, 즉 재인의 능력으로서 가선대부나 의관 벼슬에 오른 인물이 한 집안의 창녕 조씨 집안에서 4명이나 배출됐다는 점은 주목할 만하다. 능주 및 화순군에서 인간문화재급 명인 명창이 10여 명 이상 배출되었고 그 또한 사상과 정치체제를 달리하는 남한과 북한에 공히 분포한다는 점도 특기할 만하다.

판소리에서는 보성소리가 성세를 이루기도 전에 능주는 서편제로서의 성격을 확실히 한 광주소리의 토양이었다.

일제강점기 나라를 잃은 민족의 질곡과 울분이란 정서를 담아낸, 「서편제」. 그 태생과 성장에 큰 몫을 한 곳은 능주를 중심으로 한 담양, 동복, 옥과였으며 이를 주도해 나간 명창들의 적극적인 행위가 가능할 수 있도록 뒷받침했던 토양이 바로 이 지역 세습무들의 경제적 기반과 의식이었으며 조상들로부터 물려받은 끼와 재주였다.

이런 개연성을 파악하는 데 능주의 세습무 집안은 매우 귀한 역사이다. 계급을 기반으로 한 역사의식과 민족의식을 세대성으로 발현시키기 위해 행한 적극적인 노력이 정치체계의 양극화로 갈등을 겪게 되고 그 후유증으로 인해 능주굿과 세습무들의 존재가 세상에 드러날 수 없었던 생생한 이유이다.

그 생생함을 백아산과 화학산을 중심으로 치열하게 전개되었던 인공시절과 독립운동에의 적극적인 동참에서 엿볼 수 있었다. 이 모습들은 잠재된 계급의식이 폭발적으로 표출된 사례들이다. 그럼에도 불구하고 크게 주목되는 것은 '태도'였다.

바로 조씨 집안에서 드러난 모습으로서 조계남과 조도남의 행적이다. 생존을 예측하기 힘든 전쟁 상황에서 그것도 최전선이라는 것이 무색하게 느껴질 정도로 묵묵히 드나들며, 그들이 만들어 낸 죽음을 씻겨 주고 다닌 조계남 고인과 부인인 박정녀의 굿과 태도이다. 특히 조계남은 우리 음악이 잊혀 갈 무렵 동네 어른에게 피리 연주하는 법을 배워, 신청에서 자라면서 익히 들었던 음악을 산속에서 홀로 독공하여 완성해 내는 노력이야말로 큰 성과로 꼽는다. 그리고 좌우와 무관하게 가급적 많은 사람을 살리기 위해 자신의 능력을 최대로 사용한 조도남 고인의 노력과 성과다. 조도남의 안타까움과 노력은 사상보다 생명이 더 중요하고 자신의 사상을 펼치는 것보다 생명을 살리는 것이 굿의 본질적인 근본이자 존재의 의미라는 점을 정확하게 인식한 모습이며 이를 실천적으로 행한 귀한 사례이다.

이 두 형제의 태도와 행적, 요란한 목소리로서가 아니라, 무언無言과 막걸리 한 잔으로 조용히 실천한 그 모습은 감동스럽기까지 하다. 이는 분명, 굿이라는 종교와 이를 현실에서 구현하는 사제자로서의 한 전형을 보여 줬다고 평가할 만하다. 이 점을 간과해서는 안 된다는 메시지가 담겨 있는 곳 또한 능주 권역의 세습무였다.

조계남은 '양반보다 더한 양반, 화순의 양반이다.'라는 평가를 받았다. 부귀와 명예보다 가족과 친지들의 안위를 택했으며, 자식들을 공부시켜 당당한 사회인으로 살아갈 수 있도록 한평생을 헌신적으로 살아온 모습도 함께 보여 주었다. 그리고 성공하였다.

즉 종교인으로서의 모습과 평범한 생활인으로서의 모습을 모두 실현시켜 낸 사례이다.

ⓒ 조웅석, 2024

개정판 1쇄 발행 2024년 10월 30일

지은이   조웅석
펴낸이   이기봉
편집   좋은땅 편집팀
펴낸곳   도서출판 좋은땅
주소   서울특별시 마포구 양화로12길 26 지월드빌딩 (서교동 395-7)
전화   02)374-8616~7
팩스   02)374-8614
이메일   gworldbook@naver.com
홈페이지   www.g-world.co.kr

ISBN   979-11-388-3640-1 (03810)

• 가격은 뒤표지에 있습니다.
• 이 책은 저작권법에 의하여 보호를 받는 저작물이므로 무단 전재와 복제를 금합니다.
• 파본은 구입하신 서점에서 교환해 드립니다.